文／鄭宗弦

圖／唐唐

目錄

作者序

結合「美食」與「武俠」的冒險之旅

文／鄭宗弦

去年初我曾在粉絲團上宣告，我想寫一套少年小說，讓辛苦做菜的媽媽好好休息，改由孝順的孩子做菜給媽媽吃。

恰好親子天下的編輯來信邀請合作，我便闡述了這一小說系列的創作理念，並提出創作計畫。兩方一拍即合，隨即著手創作這一套少年武俠小說。

少年武俠小說？

是的，您沒有看錯，這是集合老、中、青、少廚師們，所共同演出的少年武俠小說。

煎、煮、炒、炸、蒸、燴、溜、燙、烤、焗、爆、煲、汆、熬、煨、燒、燜、燉……廚師做菜的十八般廚藝，刀技火候，水裡來火裡去的，都讓人產生武功的聯想。因此我讓書中的廚師具備頂尖武功，主人翁志達的母親是鼎鼎有名的總鋪師，在家學薰陶之下，志達也擁有武藝與廚藝的龐大潛力。

我生長在糕餅之家，從小跟著家人製作麵包、蛋糕、紅龜粿等點心，了解從事飲食工作者的辛苦，而廚師又比起點心師父更加艱辛，刀子、爐火都容易使人受傷，油煙更會害他們生病，他們在為大眾創作出美味、帶來幸福的同時，往往犧牲了健康與安全。

廚師們創作出經典名菜，不僅滿足人們的口腹之欲，也提供美談讓人樂道回味，人們總說中華料理博大精深，卻忘了這是歷代廚師們勞苦的累積。然而古代廚師的社會地位低下，知識份子雖然用文字記錄了美食，卻很少為廚師作傳記。我寫這一系列的目的，便是想藉由有趣的故事，來表揚廚師們的貢獻。

這是一趟飲食文化的探索之旅

中華料理因幅員廣大，大略分為閩、浙、粵、魯、蘇、湘、徽、川，八大菜系。我讓主角穿越時空，帶領讀者一探名菜發明的起源。

許多名菜的典故成為膾炙人口的故事，稍加改編便能引人入勝。但有些名菜或許是一地風俗，社會集體的創作，或是佚失了發明人與相關情節，而沒有專屬於它的故事，我希望能藉由這個系列來彌補這個缺憾。

這也是一趟探索武功的冒險之旅

中醫主張「藥食同源」，又說「五味入五臟」，因此調和平日的飲食就是養生的良藥。中醫認為精、氣、神、血為人體能量之源，氣為血之帥，血為氣之母，穴道與經絡是能量匯聚之處，正確的呼吸與運動能使能量在身體運作順暢，甚至衍生出更強的能量。進一步衍生出功夫、運氣、掌風，乃至隔山打牛、隔空抓物等有如特異功能的武功說法，讓人產生許多浪漫的想像。

這又是一趟感受俠義的體驗之旅

我看到許多喜歡閱讀的孩子，想要閱讀有關充滿想像力的大部頭書籍，選擇了市面上的武俠小說。然而武俠小說是為成人而書寫的，又有「成人的童話」之說，其中刀光劍影，江湖恩怨的情節太深沉，並不適合少年兒童閱讀。

韓非子說：「俠以武犯禁。」古代的俠客救急扶危，愛打抱不平，有時放蕩不羈，違法犯紀，這樣的俠客並不是孩子學習的典範。我想創作一套專門為孩子而寫的武俠小說，將「武」的部分控制在暴力範圍之內，而「俠」的部分，撇除任性的違法，而導向濟弱扶傾，輕財重義，伸張正義的利他行為。

這還是一趟族群文化的融合之旅

八大菜系之外，我還想在故事中加入京菜和臺菜。

北京城是中國歷史上最後一個王朝的政治中心，來自各地各省的達官貴人匯聚在此，必然會衍生出豐富的飲食文化。而臺灣經歷過荷蘭、明鄭、清朝、日本等政權的統治，飲食文化都有各國的遺留。加上西元一九四九年國民政府遷移到臺灣，帶來各省一百多萬軍民，也把各地的飲食文化帶過來。這些人當中不乏資本家、大地主、高官和滿清遺老，這段歷史也讓中國各地精緻高級的宴客大菜都在臺匯聚，使臺灣成為中華飲食文化的大熔爐。

這一套結合「美食」與「武俠」，由功夫高深的廚師們一同演出的「美食派少年武俠小說」已經上場，請跟著主角們一起縱橫古今，吃喝玩樂，伸張正義吧！

推薦序

以「灶幫」再現「以武行俠」的文化魅力

文／國立臺東大學兒童文學研究所副教授　黃雅淳

武俠小說是華文大眾文學的主要類型之一，具有獨特的民族色彩，其中常以琴棋書畫、山川地理、陰陽五行、醫卜星相、佛道哲理、詩詞歌賦等濃厚的文化元素與特定的歷史時空，填補我們對歷史空白處的奇思遐想，投射我們在正邪纏鬥的「江湖」中，所反映出人性複雜與掙扎的思索，同時亦迎合讀者對「法外正義」的期待，因此形成一種中華文化式的想像魅力。

而飲食是人類生存所需，所謂「民以食為天」。中國從西周起，在傳統的陰陽五行哲學思想、中醫營養攝生學說等因素的影響下，透過選料、刀工、火候、技法、五味的特色，創造出獨特的烹飪技藝。並且在特定區域內，由於氣候、地理、物產及飲食風俗的不同，經過漫長歷史演變而形成的一整套自成體系的烹飪技藝和風味，發展出不同的菜系，共同成就博大精深的中國飲食文化。

曾經榮獲教育部文藝創作獎、九歌現代兒童文學獎、玉山文學獎……等數十個獎項的作家鄭宗弦，以多年創作少年小說積累的功力，別出心裁的融合了傳統武俠小說的俠義精神、西方成長小說對自我與存在議題的探索，將小說的時空建構在臺灣當代的地景中。以中國五大菜系的發展歷史與特色、臺灣的在地的辦桌文化為題材，虛構出一個從秦代就已組成的祕密組織「灶幫」。幫內「灶人」不僅掌控了全球餐飲界，更是各大門派的武功起源。其中有部分「灶人」隨明鄭時期來到臺灣，有部分於一九四九年隨國民政府來臺，漸漸發展成「官灶」與「民灶」兩派，其中蘊藏的龐大勢力引來了人心的傾軋與爭鬥。

主角志達是十三歲的國中生，剛通過入幫儀式成為灶幫的弟子，父母都是廚藝高超的「廚俠」，但父親卻在他五歲那年意外身亡。母親陳淑美帶著志達回到臺南娘家，組成「新府城辦桌團」。但她為了查出「真相」，參與灶幫幫主選拔，雖獲高人暗中相助而險勝，卻在慶功宴上遭人暗算，中了「五毒陰功」，導致經脈寸斷，全身癱瘓，必須靠失傳已久的「全脈神功」才有機會痊癒。志達為了醫治母親，積極尋找祕笈的下落，並在一次意外中發現灶幫寶物軒轅石的祕密，而一次次的穿越時空回到古代，尋找五大神菜的內力心法以修練神功，由此引出高潮起伏、情節曲折的故事發展。

中國武俠小說的俠客，雖身懷絕技卻多混跡於常人之中，身處流俗卻又超於流俗。【少年廚俠】系列承襲武俠小說的傳統，塑造出現代生活情境中的平凡人物，既根植於現實日常，又展現俠義理想。藉由主角志達的冒險歷練將青少年的成長議題融入，結合歷史變遷與幻想江湖，開創輕武俠的新局。

或許，人生即是江湖道場，讀書、做事也如練武修道。相信青少年讀者在作者忽張忽馳的筆力吸引下，將隨著主角穿越古今，在尋求神功心法與廚藝精進的艱辛過程中，映照自身的成長經驗，體味人性的至深至樂與仁者無敵的境界，並沉醉在他以「灶幫」再現「以武行俠」的文化魅力。

登場人物介紹

林志達

少年廚俠之一。在誤食方家的千年老麵後，發現灶幫信物——軒轅石的祕密，並穿越回到明鄭時期的臺灣，習得「全脈神功」第一式，修復了母親兩組經脈。

劉安南

志達的同班同學。母親阿弟在羽萱家中幫傭，因為自卑母親的新住民身分經常霸凌同學，在外惹是生非。

方羽萱

少年廚俠之一。和志達一起解開前幫主湯之鮮留下的口訣謎底，穿越回到明鄭時期，並且帶回雞仔豬肚鱉的料理心法。

李繼程

少年廚俠之一。在聽完志達和羽萱穿越時空的遭遇後，因曾聽其他人描述過類似的畫面，讓志達和羽萱決定前往繼程家中調查。

噬血五魔

來自古代的妖魔，原形是五種野獸，化為人形矇騙人們，代替幕後真凶做了許多壞事。

第一章 隱居塔頂的神祕高手

東方初破曉，白茫茫的輕紗籠罩著平滑如鏡的潭面，天地在隱約間顯得幽靜而神祕。

不一會兒，層層相疊、薄脆透光的山巒現身了，彷彿是麗池畔端坐著十多位含羞的美人，個個圍著白裙帶，低頭不語，卻暗中在爭妍比美。

冬雨過後春雨又連日而來，使得日月潭水位滿漲，加上上游水庫放水，水蛙頭步道旁的九蛙疊像難得的全沒頂了。

水上景色如此優美靜謐，水面下卻是暗藏洶湧。

明潭發電廠的圓形進水口滾滾吸吮著潭水，推轉著底下巨大的發電機，潭面上數不盡的點點漣漪，都是水下生物逐浪翻滾的痕跡。別以為是魚兒們在樂活嬉戲，其實是凶猛勝於食人魚的魚虎正在獵殺小魚，那凌亂交雜的波紋，正是小魚倉皇逃生翻跳求救的可憐訊號。

魚虎是泰國鱧魚的俗稱，因性情暴烈似虎而得名，是有名的生態殺手。不過牠們肉質甜美彈牙，廣受饕客喜愛，具有相當高的經濟價值。

果不其然，岸邊六位釣手一下竿，水花頓時激越四濺，千百尾魚虎張大尖牙利嘴，爭相搶奪投入的鰱魚釣餌——愈是生龍活虎的活餌，愈具有致命的吸引力。

上鉤的魚虎都超過六十公分，甚至不少比人腿還粗還長。五個大水桶內很快進了魚，等它們都裝滿之後便會被扛上小貨車，送往臺北最高級的大飯店，放入清水池中吐沙淨身數天，以供應灶幫所舉辦的「企業盃廚藝大賽」。

「怪了，我記得這裡是邵族人的領地，禁止外人捕魚的，不是嗎？」一位年輕釣手疑惑的問領隊的人。

「原本風景區是不該有捕獵行為的，但是魚虎氾濫成災，政府便開放讓人申請抓捕了。」領隊回答。

「早從西元兩千年左右開始，外來的玻璃魚便逐漸消滅了本土的奇力魚，緊接著紅魔鬼和九間始麗魚有如長江後浪推前浪，一種取代過一種，現在輪到魚虎耀武揚威了。」一旁的老手也補充。

「別看現在是魚虎的天下，將來這片江湖的最後贏家會是誰，誰也不知道。唉，不禁讓我想起灶幫新任幫主陳淑美悲慘的遭遇。」領隊語重心長的說。

這時，遠處的慈恩塔頂內，一個盤腿打坐閉目入定的白衣人，右耳輕輕動了動，專注的聆聽。

「怎麼了嗎？」那年輕釣手好奇詢問。

「這麼大的事，你竟然不知道？」那位老手張大眼睛，驚訝又像是在怪罪。

「我不是灶幫的人，他們又那麼神祕，怎麼會知道呢？快說，到底怎麼了。」年輕釣手無辜的說。

領隊指著對岸的教師會館說：「不久前灶幫舉辦幫主選拔的武藝大賽，就在那會館的杏壇邊，陳淑美贏得幫主的寶座，可是慶功宴上卻遭不明人士下毒，使得她全身癱瘓。」

「天哪！這麼可怕。」年輕釣手驚呼，「她變成植物人了嗎？」

「沒有，」老手顯然知道不少資訊，滔滔不絕的說：「聽說是脖子以下全部癱瘓，腦筋還是清醒，後來送到北部的一家安養院調養。可憐啊！孤兒寡母的，她那過世的丈夫林耀雄，生前是慷慨好施的廚俠，怎麼好人不長命，妻小又被人欺呢？這老天真是不公平。」

「醫得好嗎？」領隊問老手。

「難啊！」老手難過的搖頭，「那不是普通的病，是中毒，而且全身經脈寸斷，群醫束手無策。」

「聽起來像是有人想謀權篡位。」年輕釣手理所當然的推論。

那塔頂上的白衣人心弦遭受撩撥，挑動眉尾，嘆了一口氣。

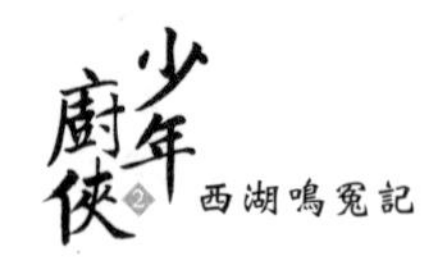

「只是警方到現在還沒破案。」領隊不禁長嘆，「世上名利人人愛，可是江湖險惡，爭名逐利的結果，往往沒有好下場。」

這時，年輕釣手釣到一條大魚，一邊收魚線，一邊笑著說：「如果我是灶幫的幫員，也想當幫主，多威風啊！」

「想得美喔！當幫主得要廚藝頂尖、武藝絕倫，你會什麼？」老手取笑他。

「我會釣魚啊！你看。」年輕釣手得意的炫耀剛到手的魚虎。

「就你會？」老手看著自己半滿的水桶，「你釣的有我多嗎？」

「啊——」年輕釣手忽然瘋狂大叫，他剛撤掉釣餌，卻不小心被魚虎咬住他的左手大拇指。「救我、快救我！」

「快掰開魚的嘴巴，快！」

領隊一聲令下，其他釣手紛紛聚過來，可是每個人手上都拿著釣竿，釣竿的線尾勾著活生生的鯁魚魚餌，只要一放手，釣竿就會被鯁魚拖入潭中。

領隊看大家遲疑，便放掉自己的釣竿，趕緊過去要掰開魚嘴，卻見那條魚虎咬下什麼東西掙脫了。剎那間，鮮血從年輕釣手的手掌噴出，滴滴入水暈如紅花。

「啊！」眾人見狀嚇得目瞪口呆。

「別讓他跑了！別——」年輕釣手痛哭哀求。

眾人聞聲彎下腰，一手拉竿，另一手試圖下去抓魚。

誰知那魚虎伶俐得很，不斷甩尾，躲過眾多追捕，最後撲通一聲躍回了潭中。

「我的手指！我的手指！」年輕釣手跪在岸上，衣褲都染上鮮紅色的血。

「快叫救護車！」領隊說著，從口袋掏出手機。

「快把魚抓回來——」年輕釣手仍苦苦哀求。

「唉！怎麼可能？」老釣手無奈的搖頭。

就在倉皇無措之際，一團白影從慈恩塔頂飛落而下，輕功三踏越過樹梢即來到傷者身旁，朝他心口天池與手臂內關各點一穴，那手掌的指根便止了血。

大家還沒看清來者的面目，他已拾起一塊石頭側身朝潭心丟出，石頭如手滑琴鍵似的彈出連綴的水漂，同時縱身踩上水漂，並在潭心之處伸手往水下探去，瞬間嘩啦一聲，偌大的水花自潭底怒放，一條魚虎自中心騰起。

白衣人一揮手，魚虎便被那內力甩上岸，正中那年輕釣手的頭部，釣手頓時昏迷，魚虎受到撞擊吐出腹中的那根斷指。

「人昏過去才不會疼痛難挨，快帶著斷指就醫，等救護車來就太晚了。」

幾句話清晰明瞭，彷彿在眾人耳邊仔細叮嚀，字字印入人心，但還沒等到回應，那說話的人已從潭心跳到旁邊遊船，再跳到其他船上，不知蹤影。

領隊載走傷患之後，其他釣手們不敢再大意，戰戰兢兢的繼續釣魚。

載著傷者的小貨車急速狂飆，很快岔出環潭公路，後車廂卻站起一個人。那人衣衫飄飄，眉髮飛揚，正是剛才救人的白衣人。

他神色憂愁的望向前方，猶如站在離港的大船之首，準備重回波濤洶湧的黑色汪洋。

第二章
追查紅牛大火的真相

領隊和老手都只知其一，不知其二，有關灶幫新任幫主的事情，後來有了諸多變化。

據說「全脈神功」可以修復寸斷的經脈，可惜記載神功的祕笈卻失傳已久。

新幫主的兒子林志達為了就近照顧媽媽，轉學到板橋，和一起加入灶幫的方羽萱同校。他無意間吃了方家的千年老麵，獲得深厚的內力，連腦力也增強，很快破解了有關祕笈的謎語，得到了傳言中的祕笈。

志達和羽萱順利的用軒轅打火石穿越到明鄭時期，學到了「包容之美」的內力心法，志達回到現代後，也自我演練出「全脈神功第一式」，修復了媽媽的脾經和胃經。

然而在明鄭時期，志達遇到了狂狼噬血魔作亂，並發現他的背後藏有幕後主使者「主上」，「主上」極有可能是毒害媽媽的主謀，志達決心要查出他的真實身分。

當志達敲擊軒轅打火石穿越回到古代時，會冒出藍色的火焰，火中有藍色大熊出現，「主上」似乎也有一顆打火石，不過是從紅色的火焰中跑出大紅牛。

就在修復新幫主脾胃經脈的那一晚，另一位新幫員李繼程，在「少年廚俠」群組裡頭告訴志達和羽萱，他曾經聽人描述過類似的景象。

志達和羽萱驚訝的從椅子上跳起來。

他們互相看著對方，認為這是一條非常寶貴的線索。

志達回傳訊息給繼程。

志達：你明天放學有空嗎？我們想去找你。

繼程：明天可以。想約在哪裡？

志達：隨便你，只要能找到你說的那個人。

繼程：那個人是我的阿姨，就住在我外公家，跟我們住在一起。

志達：可以直接去你家找她嗎？

繼程：當然可以，但是要先找我。

繼程最後這句話有點刻意搞笑，但志達和羽萱都笑不出來，臉上還如冷霜一般，凝結了焦慮和不安。

「萬一他的阿姨就是『主上』，怎麼辦？」羽萱有些擔心。

「那最好，叫她拿出解藥，然後我要好好教訓她。」志達握起拳頭，憤恨不平的說。

「希望這麼簡單就好了。」羽萱倒不像志達那麼樂觀。

隔天上課時，志達焦躁難耐，只想著趕快到下午五點，去繼程家裡找他。

終於放學了，他們依照繼程在群組裡的指示，搭捷運來到臺北市信義區的一棟豪華大樓前面。

抬頭看去，這棟大樓共有二十幾層樓高，一到四樓燈火通明，透過落地玻璃牆，明顯可以看見裡面觥籌交錯，熱鬧非凡，分明就是一間大飯店。

「『瀟湘煙雨湘菜館』？李繼程該不會住在這家餐廳裡面吧？」方羽萱指著七彩霓虹燈大招牌，納悶的問志達。

志達聳聳肩，無法回答，卻聽得一個爽朗的男孩聲音從身後響起：「不是我住在這家餐廳裡，而是這家餐廳在我家。」

「哈，繼程。」羽萱轉身看見熟悉的身影。

「什麼叫做這家餐廳在你家？」志達不解的問。

「走吧！」繼程沒有回答，而是彎腰舉手，指引他們往湘菜館裡頭走。

「要請我吃大餐嗎？我沒有心理準備。」羽萱不好意思的說。

「我們是來找你阿姨的呀！」志達著急說。

「沒錯，她就在這間大樓裡面。」繼程沒有再多作解釋，直接在前頭領路。

餐廳裝潢得十分高級，毛茸茸的金黃地毯、清朝宮廷式的雲龍圖案格子天花板、大紅宮燈、紅木桌椅、牆上掛有許多精美的書畫作品，空氣中還瀰漫著濃郁的菜香。打扮整齊的服務生看見繼程都鞠躬讓路，宛如迎接小王爺駕到，令志達和羽萱嘖嘖稱奇。

三人進入電梯之後，繼程像是好不容易脫身似的呼口氣。「我真不喜歡這樣，叫他們別鞠躬都不聽。在美國的時候，人人平等，我到餐館找我爸媽，服務生見到我，頂多點頭問好。」

「你們家生意做得真大，在美國還有分店？」羽萱好奇的問。

「有啊！紐約、舊金山、洛杉磯都有分店。」繼程答。

電梯在十五樓停下，門開之後，繼程走出去說：「到了，十五樓到十八樓是我們的住家。」

「其他樓層呢？」羽萱又問。

「十四樓以下出租給別人當辦公室。」

「可是我看到電梯裡面的按鈕，一共有二十一樓，還有三層地下室。」

「十九樓和二十樓是餐廳的辦公室，二十一樓是練功房。」繼程回答。

「你阿姨到底在哪裡？」志達等得不耐煩了。

「別急。」繼程帶他們走到一間房間前，把門打開說：「就在這裡。阿姨，我帶同學來找你玩囉！」

「找你玩？我們是有要緊……」羽萱急忙解釋。

「爸爸背著洋娃娃，走到學校來看花……泥娃娃，泥瓜瓜，一個泥媽媽一個沒有眼睛……一個沒有嘴巴，真偉大，真偉大……」

房裡傳來一個女人的歌聲，聲音嘹亮輕緩，但五音不全，歌詞凌亂。

「你阿姨是剛從美國回來嗎？怎麼把兒歌唱成這樣？」志達不免疑惑，小聲問道。

「她沒去過美國啦！」繼程笑著說。

房間內的電視在播放影片，可是阿姨的眼睛卻沒有看著電視，而是抱個一個娃娃，蹲在窗戶旁的角落裡唱歌。

繼程帶他們來到阿姨面前。「來，見過我阿姨。」

「繼程阿姨……你好……」志達和羽萱不自覺張大眼睛，說不出話，只因眼前的女人看上去約三十多歲，卻穿著蕾絲裙的小公主打扮，完全出人意料。

見到志達和羽萱，那女人不但不打招呼，還嘟起嘴，把娃娃藏在懷裡，轉過身去，生氣的說：「不要搶我的寶貝，走開、走開！」

「我們沒有要搶你的東西，我們只是來問你幾個問題。繼程說，你曾看過一個奇特的畫面……」志達迫不及待的上前。

「走開、走開！」阿姨轉過頭，講著同樣的話，而且情緒異常激動。

羽萱嚇得退了幾步，繼程連忙上前，從口袋裡拿出軟糖安撫說：「來，虹虹阿姨吃糖糖，乖。」

「糖糖、糖糖！」阿姨開心的望著糖果，拿了就撥開包裝紙往嘴裡塞，然後

瞇眼微笑，情緒一百八十度大轉變。

志達和羽萱都看傻眼了。

「抱歉，我沒有事先告訴你們。我不是有意要嚇你們，只是很難在電話中講明白，我想等你們親自看到她的模樣，就會知道了。」繼程轉身對他們說。

「你的阿姨……」羽萱指著眼前的老公主，然後比比自己的腦袋。「那個……有問題……」

「沒錯，她……其實我也搞不清楚她是智能障礙，還是精神分裂症，反正從我懂事開始，她就一直是這個樣子。」繼程坦承的說。

「可是，你明明告訴我們你阿姨說，轟一聲大火燒起來，一隻怪獸從火裡跑出來。」志達不解的問。

「是的，我聽她說過，從小到大聽過很多次。」繼程轉過去，溫柔的對阿姨說：「對不對阿姨？你和我說過，轟一聲大火燒起來，一隻怪獸跑出來？」

「轟一聲大火燒起來，一隻怪獸跑出來。」阿姨停止吃東西，眼神閃現驚恐的神情，專注而焦躁的望著繼程，似乎真的看見怪獸出現。「轟一聲大火燒起來，一隻怪獸跑出來。轟一聲大火燒起來，一隻怪獸跑出來。哇！不要……不要出來……不要……」

她說著竟不斷退縮，還害怕的哭泣，猛搖頭揮手，彷彿看到什麼妖魔鬼怪。

「不哭、不哭……」繼程蹲下來抱著她，像是在哄一個五歲的小妹妹。

志達聳聳肩，無可奈何的說：「沒想到是這樣的情況，這怎麼問下去呢？」

羽萱也雙手插腰，一臉不高興。「你應該早點說清楚，簡直是浪費時間。」

「不！我沒有要瞞你們的意思。她常常說出這些話，一定有什麼原因。你們不覺得奇怪嗎？」繼程真誠的說。

「嗯，確實不尋常。」志達蹲下，雙手抱胸，像研究特有生物那般，直愣愣的盯著眼前的女子。

阿姨被看得害羞，又膽怯的放聲大哭。「嗚啊……」

「虹虹，怎麼了？」一個蒼老的聲音從門外傳來，伴隨著急切的腳步聲。

「爸爸、爸爸，他們壞壞……」阿姨竟然奔向門口，向來人告狀。

「噢，我的乖虹虹，是誰壞壞呀？」

那聲音的主人進了房間，志達往房門口看去，魏鼎辛長老抱著笨重的老公主，微笑站在他們面前。

志達和羽萱站起來，恭敬的說：「魏長老好。」

魏鼎辛不愧是練武之人，抱著成人的身體卻絲毫不顯吃力。

他輕輕撫摸女兒的頭，看向兩個客人，又看了自己的外孫，隨後調皮的說：「原來是你們三位小壞蛋，哈哈哈！」

第三章 充滿巧合的夢境

「新入幫的小幫員們。」魏鼎辛親切的說，「什麼風把你們吹來了？吃過晚餐了嗎？繼程，帶朋友到樓下吃飯吧！我叫廚房準備一桌最高級的湖南菜。」

「不行，我待會兒還要去上鋼琴課呢。我和我家司機約好，六點半他會來這裡接我，時間要到了。」羽萱婉拒。

「那麼志達留下來吃飯吧！難得來到我們湘菜館，一定要吃過飯才能走。」魏鼎辛堅持的說。

「不，魏長老，其實我們是來問阿姨一件事的。」志達急切的說。

「有什麼事，問我也是一樣。」魏鼎辛依舊放輕聲音，給繼程一個眼色說：

「你先帶朋友到客廳去坐會兒，我抱你阿姨去休息，等等就來。」

「好。」繼程應聲，帶志達和羽萱走出房門。

「你們家真大。光是一個房間，就差不多跟我阿姨家一樣大了。」志達忍不住讚嘆。

「這裡少說也有一百坪吧！」羽萱也羨慕的說。

「應該吧！」繼程領他們來到客廳，坐上柔軟的牛皮沙發。「但我不太在意這些。」

「你跟我一樣。」志達笑著對繼程說。

「什麼東西一樣？」繼程認真起來。

「不太在意生活上的細節。」志達也認真的回答。

「唉！我每天要補習，要學才藝，還要練功，忙得要命，哪有心思留意這些？」繼程發起牢騷。

聽到練功，激起志達的興趣。「你們也會用大灶練功嗎？」

「是啊！就在樓上，我帶你們去看。」繼程站起來。

「可是你外公要我們等他……」志達覺得不妥。

「沒那麼快，別看我阿姨在我外公懷裡睡得那麼安穩，她只要一沾到床馬上就會醒過來，沒有十來分鐘我外公是不會出現的。我帶你們上去看看，很快就下來。」繼程說。

「好啊！」羽萱興致勃勃的起身。

在三人搭電梯的時候，羽萱問：「樓下餐廳的客人不會誤闖到這兒來嗎？」

「不會。這棟大樓有六臺電梯，我們搭的這一臺是專供樓上住家使用的。」繼程說明。

三人來到二十一樓的練功房，繼程打開電燈後，映入眼簾的是沙包、跑步機、擴胸機、啞鈴等現代的健身設備，當然也有木樁、刀劍、棍等傳統武術器材。而且這個樓層特意挑高，沒有隔間，比一般大型的舞蹈教室還要大上三倍。

「我舅舅都是在這兒練功。」繼程說。

志達簡直嘆為觀止，不免自嘲說：「你們絕對想不到我媽是在哪裡練功。」

「哪裡？」另外兩人好奇的問。

「三合院的老灶房。」志達苦笑。

「咦，大灶呢？沒看到啊！」羽萱疑惑的問。

「在上面。」繼程帶他們從樓梯間爬上樓頂的露臺。

「哇，好大的灶！」兩人看到又是一陣讚嘆。

那個大灶，比King Size的彈簧床還大，上頭開了四個爐口，可以同時放上四個大鐵鍋，旁邊有個遮陽棚，底下堆滿木柴，還有一把大斧頭。大樓上的露臺少了柱子阻擋，空間寬闊，即使奧運體操選手在這兒翻滾跳躍也沒問題。

「在這兒練輕功，得小心跳到女兒牆外。」羽萱打趣的說。

「哈，歡迎你們一起來我家練功！」繼程熱情邀請。

「四個大灶燒出的鹽水之氣，一定不同凡響。」志達說。

「好了，我們下去見我外公吧。」繼程說完，帶他們回到客廳。

魏鼎辛已經在那兒了，見到他們笑說：「你們說有什麼事？」

三人才剛坐下來，志達急忙開口：「我們聽繼程說，他阿姨常常說起火裡有怪獸跑出來，那是怎麼回事？」

「我女兒痴痴傻傻的，說什麼都不能信的。」魏鼎辛一派輕鬆的說。

「可是她常常說一樣的事，應該有什麼原因。」羽萱說。

「八成是做夢夢到的吧！我小時候也常夢到鬼來抓我，嚇得我尿褲子呢！」魏鼎辛笑說。

「怎麼那麼巧……」志達疑惑的說。

「什麼事那麼巧？」魏鼎辛問。

「我是說那麼剛好，阿姨都做同樣的夢。」志達解釋。

「這種巧合不是沒有，尤其是看了電視、電影裡妖魔鬼怪之後，留下的印象太深刻，都可能連續做惡夢啊！」魏鼎辛說完轉向繼程，「對了，照顧你阿姨的看護楊小姐呢？」

「我放她兩小時的假，她在七點半我去上英文課之前會回來。」繼程說。

「以後不准這樣。」魏鼎辛拉下臉，表情嚴肅。

「我想說有我們三個在家陪虹虹阿姨。」繼程解釋。

「看護是看護，你是你，不可以把身分位置顛倒了。要都像你這樣，這世界就亂了。」魏鼎辛的口氣頗為嚴厲。

「知道了。」繼程低頭，似乎有點委屈。

「對了！」魏鼎辛彷彿想起什麼有趣的事，又轉對志達笑說：「你們若是有興趣，可以用夢境來占卜吉凶。網路上有周公解夢大全，不妨上去查查。」

志達覺得離題了，用眼神示意羽萱後便說：「那這樣沒事了，謝謝魏長老的招待，我們就不打擾了。」

「你們為什麼要調查大火和怪獸？是要找出下毒害你媽的人嗎？」魏鼎辛好奇追問。

「是的。」志達鄭重的點頭。

「你放心，如果我得到相關的消息，一定會通知你，這件事我義不容辭，隨時都會幫你留意。」魏鼎辛對追查凶手一事也很關心。

「謝謝長老。」志達感激的說。

「真的不吃過飯再走？」魏鼎辛想了想又改口，「既然這樣，那我也就不多留你們，改天再來家裡吃飯！」

「我的生日就快到了，下個月十一號。」繼程對外公提議。

「啊，那太好了！就跟以前一樣，辦一桌豐盛的菜餚邀請朋友們來家裡，志達和羽萱到時可一定要賞光呀！」魏鼎辛慈藹的說。

「沒問題。」兩人說完便起身離開。

魏鼎辛和繼程親自送他們下樓，羽萱家的車很快就來了，兩人上車後，魏鼎辛還望著他們，親切的揮手告別。

「繼程的外公人真好，對繼程的阿姨也很有耐心。」羽萱讚嘆說。

「是啊！」志達附和，但由於沒有查到線索，心中不免失望。

志達回到板橋，先到安養院探望媽媽。

外公整天都在安養院，趁著媽媽兩條經脈暢通之際，繼續輸送內力給她。

外公見到志達，對他說：「中醫師早上來針灸時大嘆不可思議，頻頻說是奇蹟。不過我沒有跟他詳細說明，也請他保密，畢竟你媽是被人所害，我想還是低調謹慎一點好。」

在那之後，志達把在繼程家看到的情形告訴外公和媽媽。

「可憐的魏長老……」陳淑美聽完同情的說。

「繼程的阿姨才可憐，她幾乎無法跟我們對話，只活在自己的世界裡。」志達也有感而發。

「不過，她生在家境優渥的魏家，有專人照顧著，也算是不幸中的大幸了。不像貧苦人家，遇上不幸的事，就更辛苦了。」媽媽抿著脣說，「對了，調查下毒凶嫌的事，交給警察去處理就好了，免得遇上壞人，媽媽擔心……」

志達想了一下，點點頭。「好，我會的，媽媽不用擔心。」

但當下他也做了一個決定，不再跟媽媽說追查凶嫌的事了，以後只聊學校的事，免得惹媽媽煩心。

「志達，我想見識你的新功夫，明天早上練功給我看吧。」外公說。

「好啊！」志達答得乾脆。

晚上外公留在安養院陪媽媽，讓志達一個人回阿姨家。

第四章 外公傳授點穴術

回家後，志達一直覺得背部癢癢的，晚上吃過晚餐、做完功課之後，他便早早上床休息。但這一夜不知怎麼的，他一會兒抓抓脖子，一會兒搔搔小腿，翻來覆去睡不安穩。

到了半夜三點多，志達聽到阿姨和姨丈從夜市收攤回來，乾脆起來上廁所。黑暗中，一個黑點似乎擔心被志達起身時壓扁，迅速從他身上跳了下來，先攀到床緣，又爬上地板。志達回到房間時，隱約看到天花板上有個黑點在爬動。

「是蟑螂嗎？」他原本猶豫要不要開燈，「算了，鄉下三合院的蟑螂那麼多，這裡算乾淨了。」

於是不以為意的睡下，說也奇怪，身體竟然不再搔癢，不久便安然入眠。

凌晨五點一到，志達準時被外公挖起床，兩人步行來到附近河堤外的籃球場。天還沒亮，空氣中溼溼冷冷的，很快趕走了志達的睡意。

志達在籃球場上站定之後，對外公介紹說：「這叫『全脈神功第一式』。」

外公興致高昂的點點頭。

志達蹲步吐納，閉目凝思「包容之美」，不一會兒，熱氣從丹田而生，直衝脾胃，再入兩經脈，手腳身軀跟著氣的流動開始揮舞旋轉，踢蹬掌劈如行雲流水，騰躍翻滾似張旭狂草。

「我還會輕功。」志達話聲未落，人影已躍起站在籃板上。「還可以更高。」

他又屈腿一縱，在空中縱身飛起十多公尺，翻滾數圈後安然落地。

那有如馬戲團空中飛人的俐落騰飛身段，讓外公看得目瞪口呆。

「你可感覺有什麼地方特別不一樣？」外公在志達展示完之後問道。

「有些地方熱熱漲漲的。」志達指著小腿，一路往上到腹部、胸部和頭部。

「這幾處正是胃經和脾經繞行的位置。」外公說。

「特別是這裡，和這裡。」志達指著幾個特別的點。

「是了。足三里、水道、天樞、三陰交、腹結……」外公一一指點那些穴位，然後嚴肅的說：「有病時，針灸這些穴位可以治病；但沒病時，點了穴位卻會害病。」

「怎麼點穴？」志達好奇發問。

「這簡單，只要以你運功給你媽的內力，貫注於中指去擊觸穴位即可。」外公說完彎起右腳膝蓋說：「試試看，點我的足三里。」

志達會意，集中精神將內力貫在右手的中指，往外公膝下穴位觸擊。只見外公臉色一白，額頭冒出冷汗說：「我現在心跳加快，肩頸僵硬，頭痛胸悶，典型的神經衰弱症狀。」

「怎麼辦？」志達自責又慌張。

「別慌，解開穴道就好。解穴的方式和點穴一樣，但縮短觸擊的時間為原來的三分之一，急速縮手回提，把剛才貫進的內力抽取回去。」外公耐心教導。

志達依樣照做，外公隨即呼出一口氣，調整心息，笑說：「你的資質很高，這千年老麵真是找對主人了。」

「那是我命大，不然就被悶死在冷藏櫃裡了。」

「一直知道我灶幫的功夫裡有上乘的神功，沒想到這樣高深，一點也不亞於民灶派與官灶派最頂尖的功夫。或許……全脈神功是官民之外的另外一派。」外公似乎有個新想法。

「我記得前任幫主范衛襄說過，我們灶幫乃是武林中各幫各派的鼻祖，這些門派都是從灶幫分支出去的。」志達回想起入幫儀式的情景，好奇問說。

「沒錯。」

「我看武俠小說裡有一個以劍法著稱的華山派：殘菊傲霜枝、八月桂花香、萱草忘憂……」

「據說陳永華就是華山派的門人。」外公淡然的笑說：「這門派的名稱是他們的先祖取用『花三派』的諧音，食之美花，三占鰲頭：桂花、菊花、萱花是也。」

「那武當派呢？」志達又半信半疑的問。

「原名是『五蛋派』，那一派人的先人，擅長雞、鴨、鵝、鴿、鵪鶉，這五禽與禽蛋的烹煮。」外公說。

志達覺得不可思議，又問：「點蒼派呢？」

「原是『點藏派』，他們的祖輩善於點心製作，最有名的一役，便是元朝末年在點心中藏字條，八月十五殺韃子，趕走了蒙古人。」

志達想到武俠小說中一個特殊的團體，調皮問道：「該不會丐幫也是從灶幫分支出去的吧？」

想不到外公卻點點頭說：「當然，原名『餿水派』，有名的叫花雞就是他們的前輩發明的。」

「那為什麼這些門派還要改名字呢？」

「那是在很久以前，某一任灶幫幫主要求下才改的。」

「為什麼？」

「因為各大門派為了爭名奪利，時常爭鬥，要灶幫幫主主持公道，卻也讓世人誤認為那些紛爭是灶幫中人所引起，而上門來尋仇。當時的幫主認為應該劃清界限，因此召開了武林大會，要求各門派改名，才會變成現今與飲食烹飪無關的名號。」

「那些門派願意嗎？」

「當然不樂意，但花三派最有骨氣，首先附議改名華山派，其他門派一看，也就摸摸鼻子順從了。」

「為什麼我們灶幫的先祖會發明功夫呢？」

「發明？說得真好。」外公哈哈一笑，「自古以來灶幫的先人便發現，我們比一般勞動的人更短命，由於日日與油煙、柴煙等毒物為伍，五臟六腑中肺先受害，肺經又與大腸經互為表裡，腸子也因而受損。若不將這些毒物排除，有毒的氣血便會順著經脈四竄，殃及其他臟腑，危害性命。」

志達一聽，點頭說：「沒錯，媽媽和那些水腳們常常咳嗽呢！」

「是了，因此要常常練功，將毒物排除。」外公又說，「灶人日日半蹲劈柴，在吸吐與運力的過程中，無意間發現丹田聚氣充盈，因而悟出吐納練氣與蹲馬步的功夫。此功夫既可清除血中毒氣，又能強健筋骨，只要用功精進，日久還能練就神妙的內力。」

「君子掌和果拳又是怎麼來的？」志達又問。

「處理食材需要洗、撥、切、割、剁、拔、剮，有灶人在過程中加上氣功，練就專門手技，進而衍生出君子掌，果拳則是直接模擬堅硬的果實而來。」

「媽媽的輕功和劍法呢？」

「先人觀察牛、羊、豬、鹿等四足獸，雞、鴨等二足禽，牠們的彈跳、攻擊、奔跑之勢，鑽研出腿腳功夫和輕功。再搭配菜刀等兵器，以鐵鏟作劍，鐵鍋當盾，大杓為棍，小筷為鏢，同時具備鍛鍊與攻守，進而成為武林門派之宗。」外公說。

「那麼，我的全脈神功，也是這麼來的囉？」

「理論上是如此，不過，無論民灶派或官灶派，功夫都從型態練起，由外而內鍛鍊內力，再由內而外將內力施展開來。你的神功純粹是發自內心，由意念自由導引身體，比這兩派又上乘許多。」外公想了一下又說：「你目前只學到了第一式，不要以為已經習得了全部的功夫。你要好好鑽研，學會其他內力心法，發揚這門失傳的功夫。」

「可是那張祕笈破損嚴重，所畫的銅鼎上面只殘存第一道『雞仔豬肚鱉』的部分菜名，才讓我們矇到第一次的穿越機會。」志達焦慮的說。

「反正時時留意體會，別忘了你媽還等著你救她呢。」

「我巴不得現在就學會。」

「還有，上回你用鐵鏟敲擊打火石，雖然不錯，但鐵鏟畢竟不方便隨身攜

帶，得再想個法子。」

「嗯，我有辦法。」志達想了想後回答。

外公又叮囑了一番後，便帶志達回阿姨家，自己則搭高鐵回臺南了。

這一天早上，志達吃過早餐，便把喝湯的鐵湯匙放進口袋裡，上學去了。到了學校，比平常早了半小時，加上剛練完神功，精力旺盛又滿腔好奇，他便用手機上網查人體穴道的資料。

「哇，原來每個穴道都能影響身體的功能，真有趣。」他對照自己身上的穴位，學得好多知識，愈看愈有意思。

早自修結束後，他去上廁所，剛好有人低著頭走出來，與他撞個滿懷。

「啊！」志達叫了一聲。

「你不想活……」那個人是劉安南，是在羽萱家幫廚阿弟的兒子。他本來要發作，抬頭一見是志達，先是一愣，接著便撇過頭去。

沒想到他後面挺出一隻拳頭，凶霸霸的橫在志達面前。

「撞到我們老大還不道歉？」那是班上綽號暴龍的洪采圖。

「喂！新來的苦瓜臉，擺什麼臭臉啊？好像我們欠你幾百萬。」綽號酷鷹的蔣瀟華也拎起拳頭，口氣更壞。

劉安南伸手壓下兩人的拳頭，瞪了他們一眼。「誰要你們兩個多事？」說完便昂起頭，逕自走出廁所。

酷鷹和暴龍困惑的朝志達看了看，但也只能摸摸鼻子跟上。

「老大，你剛才怎麼不對這個新來的下手？」酷鷹追上安南後，不解的問。

「這小子怎麼了？為什麼不趁機教訓他？」暴龍也很疑惑。

「閉嘴！」劉安南怒喝一聲，兩人都不敢再多言。

志達在他們之後回到教室。他不知道剛才不在座位的期間，一個黑點從他的書包爬出來，躲進了抽屜裡面。他也不知道，昨天半夜，那黑點不停的企圖咬他，卻被他身上發出的一股力量阻擋，頻頻被推開而掉落。

到了午睡的時候，那黑點爬出抽屜，悄悄的爬到鄰座的劉安南背上。

安南正在趴著休息，那黑點跳到他頭上，往頭頂狠狠咬了一口。

「啊！」劉安南頓時驚醒，摀著頭叫痛。

「老大，怎麼了？」酷鷹和暴龍聽見後跑來他的座位關心。

劉安南怕被人恥笑，故作鎮定的說：「我沒事！回去睡覺。」

這一切都被志達聽見了，轉頭看了他們一眼。

兩人回到座位上，安南仍然強忍疼痛揉著頭頂。而製造紛亂的黑點則悄悄的竄出教室，往花圃奔去。

陽光的照映下，一隻大蜘蛛赫然現身。

第五章
教訓校園惡霸

下午第一節下課時，學校廣播把劉安南、蔣瀟華和洪采圖都叫進了訓導處。

志達在走廊遇到了羽萱，好奇的問：「你聽到了嗎？發生什麼事了？」

「還用說，一定是這惡霸三人組又霸凌誰了。」羽萱不假思索的說。

志達不可思議的望著羽萱。

「不信的話，跟我走。」羽萱帶他來到訓導處外，透過窗戶，志達看到安南三人正被主任訓斥著，一旁還有同班的陳益加和他的父母。出乎意料的是，安南的媽媽阿弟也在裡面。

「看來今天的苦主是陳益加。」羽萱看到志達訝異的眼神，跟著解釋：「阿弟被找來訓導處是家常便飯了。」

「劉安南常常做這種事嗎?但是,他並沒有找我麻煩啊。」志達好奇的問。

「他是有名的惡霸,明明國小的時候還算聽話,一上了國中開始跟人打架,後來變本加厲,霸凌弱小或勒索錢財,還跟外校的人結仇。為了安南,阿弟很煩惱啊!」

「難怪蔣瀟華和洪采圖會稱呼他老大。」志達感嘆的說。

訓導處裡,遭受訓斥的三人站著三七步,把臉撇向一旁,一副吊兒郎當的樣子。

最後三人向陳益加鞠躬道歉,終於脫身。

等大家離開訓導處後,阿弟皺著眉頭,拉著安南的手,懇切的說:「拜託你不要再這樣了,為什麼要欺負同學呢?」

「真囉唆!你來學校幹什麼?你最好不要出門,我不希望別人知道你是我的媽媽。」安南大吼。

「你……」阿弟有點氣急了，伸手想打他。

沒想到安南卻挺出身子，毫無顧忌的說：「你打啊！這樣我們就可以一刀兩斷，就跟你和爸爸離婚一樣。」

阿弟一聽，無奈的把手放下。「那不一樣，大人的事你不會懂的。」

志達目睹這一切很不高興，想上前去制止安南，卻被羽萱擋下。「你最好不要插手，否則你和劉安南的梁子就結定了。」

「我不怕。」志達執意上前，「這傢伙太傷他媽媽的心了，一定要有人制止他。」

「只怕你會害阿弟更受傷罷了。」

志達一聽，這才打了退堂鼓。

原本以為這事就這麼過去了，沒想到放學時，眼尖的志達發現原本走在他前方的陳益加，被人搭了肩膀，一下子就消失了蹤影。

他直覺不對，看看四下沒人，便單腳一蹬，輕功一躍上了旁邊的四樓公寓樓頂，居高臨下尋找陳益加的下落。

他左右張望，最後在一個死巷子裡看見四個男生聚在一起。

「你很行嘛，把雙方家長都搬出來了，是不是長不大，還在包尿布啊？」安南拍拍陳益加的臉，刻意挑釁。

「你們到底還要怎麼樣？」陳益加又怕又氣，低著頭說。

「沒怎麼樣啊！你喜歡我們跟你道歉，我們就好好跟你道歉啊！」安南把手臂弓起來，壓上陳益加的脖子，酷鷹和暴龍一人一邊，熟練的將陳益加架起來。

「對不起，對不起！」安南假惺惺的說。

「對不起，對不起！」酷鷹和暴龍也在旁邊幫腔。

「救命……」陳益加原本想大聲求救，但被壓住喉嚨出不了聲，反而嗚咽的流出眼淚，臉頰漲紅。

「住手！」一句帶有威嚴的命令在巷子口響起，「你們在做什麼？」

三個惡霸轉頭過去，發現是林志達。

「你都看見了，我們是誠心的在向他道歉喔！」安南笑著說。

「你放手，他快要窒息了。」志達看陳益加痛苦的模樣心裡很著急。

安南把臉一沉，睥睨著志達。「看來，你也想叫我們向你道歉，是嗎？」

安南給暴龍使個眼色，暴龍立刻拎起拳頭，大喝衝向志達。

志達一閃，運功擺好架勢。

「哈哈哈！」酷鷹在一旁指著他嘲笑，「快看！乩童起乩了——」

志達一個跨步上前，貼身往對手胃經的天樞穴一點，暴龍隨即彎腰抱肚，五官扭曲。

「啊……我的肚子好痛……我不行了……」他急忙衝出巷子，像是急著找廁所的模樣。

酷鷹見狀正想衝上前加入戰局，志達卻不等他出手，瞬間來到他們面前，一手拉開陳益加，一手往酷鷹的脾經腹結穴點去。酷鷹吸倒一口氣，肚子鼓得像顆籃球，全身癱軟的倒在地上。「哎唷……我的肚子好脹……簡直要脹破了……」

「可惡啊！」安南大吼一聲，衝上前朝志達揮了右拳又揮了左拳，卻都被他一一閃過。反倒是志達彎身在他胃經的水道穴輕點，他立刻感到鼠蹊部一陣溼熱。

「哈哈！」重獲自由的陳益加指著他笑說：「你尿褲子了。」

安南低頭一看，臉頰漲紅，踉蹌的逃走。酷鷹也跟在後面跑掉了。

「謝謝你救了我。你剛才比劃的是什麼防身術，可以教我嗎？」陳益加對志達敬佩的說。

「你學不來的。沒事了，你走吧！他們如果再找你麻煩就來告訴我。」志達說完拍拍他的肩膀。

「唉！」陳益加似乎有口難言，整理一下衣服離開了。

志達回想剛才三個人中招之後的表情，不禁在心裡偷笑，想不到點穴的威力如此強大，他只不過花了彈指的力氣，就讓他們落花流水，四下潰逃。

那三人回家之後，症狀仍然沒有好轉。暴龍一吃東西就拉肚子；酷鷹消化不良，肚子鼓得很大，完全不敢進食；安南則是頻頻漏尿，只能躲在廁所裡。

隔天三人請病假，中午的時候，他們約在平時聚會的便利商店，討論病情和心中疑惑。

「醫生說我的症狀很奇怪，有點像是腸阻塞，還說如果吃藥沒有效，就要進一步檢查，看有沒有需要開刀把阻塞的那一段切除。」酷鷹揉著肚子，難過的說。

「不會吧？」暴龍一臉驚訝，「林志達害你腸阻塞？但他似乎只是在你身上輕輕碰了一下呀！」

「說不定他在你嘴巴塞了什麼毒藥。」安南說。

「有嗎？」酷鷹疑惑的問著自己。

「難道林志達在我的嘴巴裡塞了瀉藥？」暴龍說。

「你有感覺吞下什麼東西嗎？」酷鷹問。

「沒有啊！」暴龍歪頭細想。

「那害人尿褲子的又是什麼藥？」酷鷹問安南。

「我沒事！」安南擠出一派輕鬆的表情，「那時剛好我在憋尿，誰知道被那小子打到我的膀胱，才會一時忍不住。」

「老大，我真羨慕你，我現在還不太能吃東西呢，一吃又想拉。」暴龍說。

「暴龍，你不能不吃東西，醫生說至少要喝蔬果汁或運動飲料，否則身體嚴重脫水，可是會有生命危險。」酷鷹說。

「好吧！我請客！」暴龍說完走到冰箱前拿了三罐運動飲料，結帳後分給另外兩人。

酷鷹和暴龍馬上旋開蓋子，喝了一小口，安南卻毫無動靜。

「老大，你不喝嗎？」暴龍問。

「我現在不渴，我帶回家再喝。」安南回答，接著又忿忿不平的說：「我一定要想個辦法好好教訓林志達。明天放學後……」

他招手示意兩人把耳朵湊過來，然後嘀嘀咕咕的說出心中的計畫。

那是他在來之前就已經想好的，他沒說出口的是，他昨晚回家後一直尿失禁，害他躲在廁所裡一個小時，半口水都不敢喝。

後來他看狀況沒有好轉，瞞著媽媽去看醫生。醫生檢查完困惑的說：「一般大人攝護腺腫大才會引起急性尿失禁，以你這年紀是不可能有這問題的。你說有人打了你一下，最有可能的情況是神經受損。」

「那該怎麼辦？」安南無助的問。

「我給你開安定神經的藥，你再觀察看看。」

醫生不確定的口氣，讓他更焦慮了。

當然，這種丟臉的事情他是不會說的，尤其在兄弟面前，更不能提起。

當天放學，三人埋伏在志達必經的巷口，一見他出現，便一擁而上，不分青紅皂白的朝他打去。

志達昨天和他們發生衝突後，就料想到對方會有動作，心中早有防備。他看到三人從巷子裡衝出來，屈膝飛過三人頭頂，落在他們背後。三人停下來面面相覷，急忙轉身又要攻擊。

安南一馬當先，揮舞拳頭過去。志達故意用手去接，施展出內力，那內力透進安南的手掌，穿過肘部直達全身，只見他往後退了好幾步，跌坐在地上。同時間，他的頭頂傳來一陣劇痛，忍不住抱頭喊疼。

「奇怪？我只是用內力震麻他的手臂，為什麼他會頭痛呢？我是不是出手太重了？」志達忍不住心想。

「可惡，看我們的。」酷鷹和暴龍異口同聲的揮拳過來，志達擔心自己像剛才那樣傷到他們，因此收斂起內力，往後退了幾步，一一閃過對手的攻擊。

這時安南勉強站起來，又朝志達打去。「可惡——」

志達一個箭步，抓住安南的手臂，將他拖往巷子裡轉進一條岔路，然後彈腿一躍，帶著他一同翻過高牆，進到一棟建築物的院子裡。

安南只感到暈頭轉向，落地時四腳朝天，背脊疼痛，分不清發生什麼事。

「老大——老大——」

等他聽見酷鷹和暴龍的呼叫聲從高牆外傳來，這才發現自己置身何地。

剛才志達施展輕功時，安南的上衣略微掀開，露出在褲頭處的皺褶。志達看見後往上輕拉，用嚴肅又帶威脅的口吻說：「要不要我跟大家說，你穿成人紙尿褲呢？」

安南臉色一紅，惱羞成怒，又朝志達揮拳。

志達輕易閃過拳頭，真誠的說：「我不想為難你。你的病我可以治，要我幫你嗎？」

那一瞬間，安南整個人像是洩了氣的皮球，他眨眨眼睛，把臉甩過一旁，囁嚅的說：「拜託你……」

「但你要答應我，不能告訴別人，不論是你們生病的原因，或是我們翻過這道高牆的事。」

「嗯。」安南點點頭。

志達運氣，朝安南的水道穴輕點急收，安南感到胯下收緊，精神一振。

「暴龍和酷鷹，可不可以也請你……」安南表現得低聲下氣。

「沒問題。算你還有義氣。」志達爽快答應。

這時三個小孩跑過來，其中一個說：「你們是誰？為什麼在這裡打架？」

屋裡的人似乎也發現他們，一個老太太打開窗戶大喊：「誰在那裡？是誰爬牆進來？」

安南一聽立刻跑到大門邊，打開門栓跑出去。志達一邊追上安南，一邊鞠躬道歉說：「對不起，我們是不小心闖進來的，馬上就走……」

他踏出門外，看見建築外有個招牌寫著「陽光育幼院」幾個字。

這時，酷鷹和暴龍趕過來，安南對他們說：「別打了，林志達已經是自己人了。」

兩人雖然錯愕，卻還是服從自己老大的命令。

之後志達運功，先後在兩人身上的穴道輕點一下。

酷鷹放了一個響亮的屁，開心的說：「耶，我的肚子不脹了。」

暴龍也挺起身子說：「我的腸胃也不痛了。」

「難道你會武俠小說中的點穴？」安南揉著頭頂，似乎仍然疼痛難忍，疑惑的問志達。

志達微笑沒有回答。

「還是巫術？」酷鷹驚異的說。

「是什麼不重要，重要的是你們以後不要再霸凌別人，否則別怪我不客氣。」志達說完便打算離開。

「等一下，我的頭痛還沒復原。」安南急切的說。

「那個我不會解。」志達無奈的說。

＊＊＊

那天深夜，黑暗的屋子裡，一個虎背熊腰的大漢下跪，鬆開舉起的拳頭，一隻大蜘蛛赫然出現掌上。

「啟稟主上，我把蜘蛛找回來了。」

「很好。」

下一秒，蜘蛛跳到主上的手心，然後順著手臂躍上肩膀、脖子、臉頰，直達他的眉間。主上閉上眼睛耐心等候。

蜘蛛往眉心咬下，主上皺了皺眉頭，隨即仰頭吸氣，恍如進入虛幻之境。

「嗯……知道了……林志達身上有股正氣，你無法咬他，因此咬了別人……你在他的口袋感受到一股強烈的能量……很好。」

主上把蜘蛛收進懷裡，然後睜開眼睛說：「軒轅石在林志達的身上，你去把他綁來。但一定要祕密行動，不能讓人看見。」

「遵命！」

第六章
深夜裡的可怕遭遇

隔天早上安南的頭痛好些了，到學校之後，他和酷鷹、暴龍看志達的眼神完全不一樣了，又敬又疑，態度恭謹，有時還會畏畏縮縮，故意躲著他的樣子。

志達看到三人，沒有找他們麻煩，也沒有取笑他們，只是像平常一樣安靜的做自己的事。

安南觀察了一整天，覺得這人沒什麼威脅性，心裡便有了計畫。隔天下課時，他領著酷鷹和暴龍去找志達，對他說：「你很厲害，我們想拜你為師。」

「我不懂你在說什麼。」志達故意裝傻。

「教我們武功。用輕功飛躍圍牆，還有點穴。」安南期盼的說。

「就算是巫術也行。」酷鷹在旁邊附和。

「不可能，那不是你們學得來的。」志達態度堅決。

「不然，至少當我們的老大，從現在開始，我和酷鷹、暴龍都聽你的。」安南鄭重的說。

志達不想理他們，起身往操場走去。

不料三人像蒼蠅一般縈繞不去。志達跑到司令臺，他們也跟去司令臺，志達跑上樓，他們也跟上樓，志達去廁所，他們也上廁所。志達感到無奈，索性又回到教室，坐下來看書。

「老大，你倒是說話啊！」安南懇求說。

「你為什麼想學武功，難道是因為害怕我讓你尿褲子嗎？」志達挺起背脊，故意激他。

原以為愛面子的安南會因此惱羞成怒，沒想到他不但不生氣，反而有些不好意思。「哎呀！老大，別說了，真難為情。」

對比先前暴戾乖張的態度，真是一百八十度大轉變，不僅不再出言不遜，還帶點撒嬌的味道，彷彿整個人縮小了一大截。

「我不是老大，我也不想當老大。」志達覺得彆扭，放下手邊的書。「我們就是同班同學。你放心，我不會跟任何人說你們昨天發生的事，包括方羽萱。」

一聽到「方羽萱」，安南忽然正色說：「嗯，謝謝。」

「你為什麼要當惡霸去霸凌別人？」志達認真的問安南。

「這沒什麼好說的。」安南把眼神飄開。

「如果你希望我當你的老大，怎麼能不回答老大的話呢？」

安南先是一愣，隨後轉身把酷鷹和暴龍帶走，仍然沒有回答。

志達心想這下清靜了，沒想到下一節的下課鐘一響，安南獨自來到他面前，悶悶的說：「跟我來，我有事要告訴你。」

志達雖然有幾分警戒，但見安南態度誠懇，便跟著他走。

兩人來到活動中心外側，鮮少人經過的圍牆邊。

「唉！」安南低頭抿脣，情緒低迴，兩眼望著地上說起自己的故事。「你也知道我媽是越南人，我從小因為新移民之子的身分飽受同學嘲笑、霸凌。尤其上了國中之後，有個叫呂興榮的特別愛欺負我。」

「哦？你也會被人霸凌？你為什麼不跟老師說呢？」志達好驚訝。

「沒有用，只會被當成愛告狀的『爪耙子』，或是被人視為魯蛇，更容易受人唾棄罷了。」

「那你爸媽也不管嗎？」

「我爸跟我媽在我小一的時候就離婚了。我把自己被欺負的事告訴我媽，我媽卻只叫我不要理會那些人。」安南一股腦把心事說出來，彷佛積壓在心裡很久了。「本來我都逆來順受，也不還手，後來有人跟我說：『你不還手也挨打，你還手也挨打，可是還手之後，或許人家還會怕你，從此就不敢打你了。』我聽了認為值得一試，後來我發現真的有用，因此就變得愛打架，但從此沒人敢欺負我。」

「呂興榮也不敢欺負你了嗎？」志達問。

「呂興榮後來轉移目標，像蔣瀟華和洪采圖都吃過他的苦頭，呂興榮還給他們取綽號，蔣瀟華是講笑話，洪采圖是紅菜頭。後來他被記了幾個過，轉學到隔壁學校，而原本被呂興榮欺負的那群人變得很尊敬我，就稱我為老大。」

原來背後有這層轉折，志達不免同情起安南的遭遇。

「那你為什麼對你媽那麼凶？」

「我會被人嘲笑看不起都是因為她！從小就有人說我媽是外勞、是菲傭，說她是被賣來臺灣的，我聽了是既生氣又難過。」安南心情沉重的說，「因為她，我被人欺負、被人打，所以我也要去欺負別人，讓他們怕我。」

「那麼為什麼從我轉學進來後，你卻沒有主動找我麻煩？」

安南躊躇了一會兒後說：「因為你跟方羽萱走得很近，我媽又在她家幫傭，我不想讓她去向我媽告狀。」

「你喜歡方羽萱，對不對？」志達試探性的問。

「你別亂猜！」安南丟下這句話便頭也不回的走了。

志達從安南倉促的回答中，感受到一點心虛，彷彿是刻意在逃避這個問題。

這一天就這麼過去了。

夜裡，安南在洗頭時摸到頭頂右側有個小凸起，照鏡子後發現是個微腫的紅點，似乎正是那天午休感到疼痛的地方。這天晚上頭不那麼疼了，但仍隱隱作痛，到了十點多，安南有些頭暈目眩，因此他沒有像平日熬夜打電動，而是早早上床休息。

「這邊……往這邊……」半夢半醒之間，有個聲音在指引他。

他經過許多馬路，穿過幾條小巷，來到一棟金璧輝煌的大樓，大樓底下有獵犬在看守。

「吼——吼——」

不！那不是獵犬，而是野獸的咆哮，那聲音中帶著溫柔的催促，並非警告他不要靠近，反而像是在召喚他。

他嚇得趕緊逃跑，遁入一片黑暗中，然而在那之後的記憶，卻只剩下一片空白……

早上起床後，他到浴室刷牙時，發現嘴角有暗紅色的汙漬，他忽然覺得一陣噁心，在馬桶內嘔出一堆黏稠物。他看著那些發出酸臭味的東西，心中驚恐萬分又困惑不已。

他還感到腰痠背痛，尤其手腳特別疲累，宛如在健身房重量訓練了兩個小時。他低頭一看，發現自己的手掌很髒，還起了水泡，連忙去清洗乾淨；穿襪子時，又發現腳底有汙垢，黏了細碎垃圾和草屑，嚇得跑去洗腳。

上學時，他把手上的水泡給志達看，一邊說起那個詭異的夢境，之後問說：「老大，你是不是用了什麼功夫，害我腦神經衰弱，之前尿褲子，現在是做惡夢。你覺得那棟大樓是在做什麼的？為什麼會有野獸在看守呢？還有我醒來的時候，手腳又怎麼會髒兮兮的呢？」

「我不知道你的夢境是哪裡，」志達認真的想了一會兒，「不過我覺得你可能會夢遊。」

「夢遊？」安南心裡詫異，「不可能，老大，我從來沒有夢遊過。」

「跟你說了好幾次，不要叫我老大，叫我志達就好。」志達無奈的說。

後來下課時間，為了躲避安南的糾纏，志達跑到操場，卻發現羽萱坐在司令臺邊，皺著眉發呆。

他跑過去關心問：「羽萱，你怎麼一臉有心事的樣子？」

「唉！我爸昨晚出車禍了，現在在醫院裡。」羽萱難過的說著。

「啊，怎麼會這樣？傷勢嚴重嗎？」志達好驚訝。

「醫生說有輕微的腦震盪，右手扭傷，小腿骨折，脖子還戴了固定器。」

「聽起來很嚴重，等放學我陪你一起去醫院探望他。」

「謝謝你。」

放學後，兩人來到醫院，羽萱的媽媽剛好去買晚餐了。

「方叔叔，你還好嗎？」志達問候。

「別擔心，小意外，小腿打了石膏，醫生說明天就能坐輪椅了。」方子龍雖然出了意外，仍不改原本爽朗的性格。

「爸，你就是愛替別人著想。你的腳斷了，車子也壞了，那個害你出車禍的人跑掉了，卻從沒聽你指責他半句。」羽萱埋怨的說。

「怎麼回事？」志達不懂羽萱的意思。

「昨晚我開車回家的時候，突然看到一團黑影從巷子衝出來，急忙把方向盤往左打，所以才會撞上安全島。」方子龍臉色一皺，困惑的說：「說來真奇怪，我明明看到一隻黑狗，但定睛一看，怎麼卻是一個人呢？」

「你看錯了吧？」羽萱狐疑的說。

「你是說那個人趴在地上用手腳走路？」志達也充滿疑惑。

「對，但是不是走，而是用跑的。明明是人，卻跟野獸一樣用四肢奔跑。」

聽完方子龍說完車禍的經過，志達和羽萱不禁張大嘴，不敢相信會發生這樣的事。

「是遊民嗎？還是怪物？」羽萱像是在自言自語的問道。

「唉！或許真是我眼花了。」方子龍嘆口氣，「其實也不能怪他，都是我一邊開車，一邊想著決賽要做什麼料理，看到黑影出現的時候，才會嚇那麼一大跳。」

「什麼決賽？」志達問。

「『企業盃廚藝大賽』的決賽要在後天進行。」方子龍說明，「我在幫主的武藝選拔過程中失利後，報名了同樣是灶幫舉辦的『企業盃廚藝大賽』，目前已經通過初賽和複賽，就要進行決賽。這下沒辦法參加了。」

志達一聽更好奇了。「那是什麼樣的比賽？」

「參賽者以餐飲公司的名義進行廚藝競賽，五年才舉辦一次，目的是幫餐廳和公司免費宣傳！」方子龍說。

「爸，你為什麼那麼愛比賽，又是武藝，又是廚藝，怎麼那麼愛跟人家鬥來鬥去？」羽萱覺得爸爸招惹是非，口氣不太好。

「哎呀，我不是愛跟人鬥，我是為了公司，你看我都原諒肇事者了，又怎麼會是好鬥的人呢？」方子龍把焦點轉回主題上，「這項比賽中獲得冠軍的企業可以奪得三十萬獎金，還能在下個月舉辦的『中華美食展』中，免費獲贈最大的攤位，並且在入口最醒目的位置，露出企業的名稱。唉！眼看後天就要比賽了，恐怕得棄權了……」

「既然是這樣，我幫你去比賽。」志達自告奮勇。

「哦？」方子龍頗為意外。

「方叔叔你之前聽到我需要野生鱉，義不容辭的幫忙我，這次你有難，我也應該挺身而出。」志達豪氣的說。

「但是，比賽的對手都是頂尖的廚藝高手，像是李繼程他們家的副主廚也是其中之一，你有信心嗎？」

「你是說『瀟湘煙雨湘菜館』的副主廚？」志達問。

「沒錯。」方子龍回答，「他們主廚是魏興，參加之前的武藝大會，結果被你媽打傷落敗，因此讓副主廚負責這次的廚藝比賽，他的廚藝放眼整個灶幫也稱得上是頂尖的。」

「只要方叔叔想好了菜色，再告訴我作法，我就有信心可以做出來。」

「這個……昨天中午我收到主辦單位通知，說這次的比賽主題是『魚虎湯』，我一邊開車一邊想怎麼料理，都還沒想到就……」

這時方媽媽買了晚餐回來，滿臉驚訝的對大家說：「我剛才在市場聽到許多人說，附近有人半夜虐待流浪貓狗，許多貓狗身上都有明顯外傷，而且傷口怪異，像是遭到野獸攻擊。」

「或許只是那些貓狗在爭地盤打架吧！」方子龍說。

志達想起安南告訴他的夢境中，也出現野獸咆哮，但眼前廚藝比賽更加要緊，便將那這件事拋在腦後。他問方子龍說：「山東菜裡面有什麼料理魚湯的方式嗎？」

「噢，說到湯，那可是我們魯菜的精華，尤其是『哨紅湯』的絕技。只不過精純的湯得要文火加武火煉上幾個小時，並且撈除不斷浮出的泡沫雜質，可是這場比賽時間很短，只有半個小時。」方子龍煩惱的說，「而且其中一位選手也是魯菜大廚，不知他會怎麼做，我也擔心跟他做出相似的菜色。」

志達思考了一會兒，又問：「有沒有在短時間內增添湯頭風味的方法？」

「有啊！日式的味噌湯就是。」方子龍說。

「味噌的豆麥香確實很濃郁，不過卻容易掩蓋了魚的鮮味。」志達認真思考，「最好能增添風味，又能襯托魚鮮，讓人一想到就流口水……」

「你在說望梅止渴的故事啊？」羽萱開玩笑說。

「唉，想得我頭好痛啊。」方子龍顯得困惑又疲累。

「別想了，先吃晚餐吧！」方媽媽打開買來的食物。

「啊，」方子龍忽然叫道，「我想到了，有一個『祕密武器』！」

「那是什麼？」羽萱興奮又好奇的發問。

「而且我還想到一個殺魚的妙招。」方子龍得意的說，「志達，你過來。」

「爸，你幹麼不直接講出來？」羽萱臉色一變。

「哎呀，你不愛我跟別人鬥，我幹麼講給你聽？」方子龍故意逗弄女兒。

「哼！你……」羽萱豎起眉毛，雙手插腰。「討厭！」

志達笑著把耳朵湊近方子龍，愈聽愈興奮，整顆心也沸騰起來。

＊＊＊

離開醫院後，他轉往安養院探望媽媽，走進了一條長巷子裡。

昏暗的街燈今天不知怎的閃爍不定，志達感受到不安的氣氛，回頭張望，卻沒發現什麼異樣。

一陣陰風呼呼吹來，志達打了個哆嗦，加快前進的腳步。

這時，他身後的屋頂上出現了一道黑色的影子，隱身在黝黑的天空中。

突然間，巷子裡的路燈全部熄滅，他嚇了一跳，停下腳步。

那道黑影在夜色的掩護下迅速落地，邁開四足加快前進，厚實的肉墊踏在柏油路上悄然無聲。

志達直覺背後有股肅殺的氣息逼近，沒有多想便往巷子口狂奔。

那黑影見獵物發現了自己的行蹤，也快步向前奔馳，並且張開血盆大口，露出兩排尖牙。眼看志達就要跑出巷口，黑影拔地而起撲向他——

剎那間，一道強光照進巷子裡，扎得人睜不開眼睛。志達頓時聽見身旁有個重物掉在地上發出悶響，瞬間又彈起逃離。

「那是什麼東西？」強光後的人影發問，口氣很吃驚。

志達的視力適應光線後，看清原來是警車的警示燈，也確認了說話者是車上的一位警察，現正站在他面前。

「我不知道，我沒看到。」志達搖頭。

「雖然一閃而過，可是看起來像是一隻野獸。」警察疑惑的說。

「野獸？」志達想起方媽媽說的怪事，不禁一愣。

警察急忙走到駕駛座旁，向另一位警察說：「通報動物園，看看有沒有動物逃脫。」

「什麼動物？」他的搭檔問。

「不知道。通報就對了。」警察說。

志達急忙走出巷子，渾然不知自己幸運躲過一場攻擊。

第七章 魚虎湯的祕密武器

很快就到了星期六的廚藝比賽決賽，決賽地點在臺北市有名的六星級「日月並明大飯店」。

方子龍堅持要來觀賽，因此向醫院請假，坐著輪椅，由羽萱陪同前來。安南得知消息，也叫酷鷹和暴龍陪他一起到現場幫志達加油。

這場比賽的主辦單位是灶幫，原本該由幫主上臺致詞，志達的外公身為代理幫主，為了避嫌沒有到場，而是央請評審之一的前幫主范衛襄代表。

「各位灶幫的先進們，雖然我們灶人崇尚武藝，但千萬別忘記，廚藝才是灶人的基本，也是所有武藝的根源，這場比賽的舉辦目的就是希望大家別忘了時時精進自己的廚藝。」范衛襄朗聲說。

觀眾報以熱烈掌聲。

范衛襄點頭示意，主持人便說：「好的，企業盃廚藝大賽的決賽即刻登場。這次比賽共有三位選手，將淘汰一名，晉級兩名進入總決賽。另外，這回第一名的作品，將出現在賽後的茶會上，請大家品嚐——」

舞臺上已事前搭好三個特製的流理臺，上面各自擺了爐子、鍋子、刀鏟、配料、保鮮桶，就像三座具體而微的廚房。

咚、咚、咚！現場響起雄壯的戰鼓聲。

主持人右手一比，三位參賽者一一現身。

「歡迎三位決賽參賽者，首先是來自臺北，名流仕紳最愛光顧的『瀟湘煙雨湘菜館』副主廚，洪規果先生。第二位是來自板橋，事業版圖跨足國際的『魯山東麵食坊公司』，林志達同學。第三位是來自臺中市，享譽中部的『孔府風雲魯菜館』負責人廖理王先生。請掌聲鼓勵……」

「加油！」

「一定贏！」

在場觀賽的人群熱烈鼓掌，並伴隨此起彼落的加油聲。

「接下來請大家欣賞三位名廚大師的精采比賽，比賽項目是魚虎湯——」

這時，後方的工作人員推出一個大型推車，上頭有三個透明玻璃魚缸。魚缸裡沒有水，卻各有一條長約一公尺的魚虎，每一條都吐露尖牙，凶猛的扭動著。

「這都是幾天前在日月潭釣起的魚虎，肉質緊實彈牙，鮮甜無腥，魚皮的膠質綿密，是上等的淡水魚。牠們的攻擊性極強，號稱水中霸王，大小魚通吃。魚虎的生命力驚人，不但可以在空氣中呼吸，利用胸鰭在陸地上行動，即使離水兩個小時仍然可以存活。面對如此頑強的勁敵，就看我們的選手如何對付牠了，比賽限時三十分鐘，計時開始……」主持人在一旁解說。

三位參賽者中洪規果率先動手，他雙手抓緊魚頭將魚虎拿出魚缸，隨即壓在砧板上，給予致命一拳。清亮的喀擦一聲，魚頭碎裂，通身癱軟，他隨即菜刀一舞，清理掉腥紅的內臟，又將魚肉對切成兩半。

接著另一位廖理王抓出魚虎後，在魚頭上推了一掌，手中的魚虎便不再掙扎，他熟練的將魚肉一一片下來，卻把魚頭、魚骨丟棄。

志達沒有費勁抓魚，而是挺出小指用點穴的手法在魚頭上點了兩下，只見那肥壯的魚兒蜷縮成一團，三秒之後胸鰭和尾鰭同時往下一拍，整個魚身飛躍三尺高，在空中翻轉幾圈後，白肚朝上的落回缸內，便失去動靜。

他不急著殺魚，而是拿出祕密武器，用菜刀將它切段。

另一邊，他的對手洪規果起油鍋煎魚，鍋中滋滋作響，漸漸冒出專屬於魚肉的焦甜香氣。廖理王片好淨白的魚肉之後，竟從保鮮桶裡拿出豬肘子、豬大骨、老雞腿、老鴨腿，還有三塊清雞胸，把前面幾樣都切塊丟入湯鍋熬煮，然後舞動雙刀，咄咄咄的在砧板上剁起雞肉泥。

「啊？」臺下觀眾紛紛發出驚訝的叫聲。

「不是魚虎湯嗎？怎麼還拿出了雞鴨豬……」

「你不懂，那是魯菜的精華，他在『吊清湯』。」有位老太太得意的說，「再加進雞肉泥，一邊增鮮，一邊吸附雜質泡沫，叫做『哨紅湯』。」

「可是比賽時間只有半個小時，」有個老紳士困惑的說，「熬湯得要四個小時，哨紅湯又要一個小時。他現在才開始吊清湯，怎麼來得及？」

「怪了，魚呢？怎麼不是吊魚湯呢？」羽萱也納悶。

方子龍心領神會的點點頭，卻又皺起眉頭。「看來這廖理王是有謀略的，只是……這樣好嗎？」

方子龍忽然拍拍羽萱，然後指向廖理王說：「你看。」

「怎麼了嗎？」羽萱看不出個所以然。

「他的手按在鍋蓋上。」

「那有什麼不對嗎？」

「他正在用內力來加強火候。」

「這樣有犯規嗎？」羽萱好奇的問。

「沒有犯規。」方子龍沉下臉說：「確實能增強三成火候，讓湯汁濃稠些，但是……」

「但是什麼？」

「你看著吧！」方子龍不直接明說，反倒讓羽萱焦躁了起來。

「另外一個參賽者厲害嗎？」安南忍不住問。

「他叫洪規果，他的作法是有名的『湘潭活魚湯』。」方子龍解說。

「這道菜會比志達做的好吃嗎？」羽萱問。

方子龍看了她一眼，然後專注的看回臺上，不再說話，但食指和大拇指卻不停的摸下巴——那是方子龍焦慮的表現，平日並不常見。羽萱記得上回看到爸爸這副模樣，是在千年老麵被志達吃光，煩惱蔥肉大包無法如常生產的時候。

比賽持續進行，志達熬湯耽擱了好久，這時才準備殺魚，他的對手廖理王開始在撈除浮沫，而洪規果動作最快，加入切好的豆腐之後，已經在切增香提味的蒜苗。

比賽時間剩下最後十分鐘，觀眾裡不少親友團也激動起來，紛紛吶喊助威。

「廖理王加油！孔府風雲加油——」

「瀟湘煙雨得第一——」

「志達怎麼動作這麼慢呢？」羽萱急躁的看爸爸，然後也忍不住握起拳頭，站起來大喊：「志達加油！志達加油——」

「志達老大加油，志達老大加油——」安南、酷鷹和暴龍也跟著對臺上吶喊。

接著，洪規果率先完成作品，正好整以暇的收拾桌面；廖理王的步驟看似最繁複，但這時也已經離火，把魚湯舀進三個湯碗裡；相較之下，志達這時才把魚肉下鍋，開始切蔥花。

五分鐘之後，司儀大聲宣布：「時間到，請停止動作。」

志達總算趕在最後十秒把湯盛好，羽萱不免為他捏了一把冷汗。

「現在有請評審上臺。讓我們歡迎范衛襄前幫主、嚴書基長老，以及高莉采長老。」主持人說。

范衛襄和一男一女兩位長老，各自拿著一瓶白開水上臺。

「請參賽者說出面前的湯品名稱。」主持人說。

「我的作品叫做『酸白菜魚虎湯』。」志達先說。

他們來到志達前面，先喝下一口湯，再嚐魚肉和配料，然後用白開水漱口。

「你這是選用山東大白菜醃漬成的酸白菜，一般只要半個月就能醃漬好，你卻費心的花了三個星期，趁酸味過強、搶走甘味之前才停止，是吧？」高莉采長老點頭說。

「沒錯。」志達開心點頭。

「這酸味融進湯裡，發揮了鹹為君，酸甘為臣，左輔右弼，相輔相成的效果。你特別選了魚肚的位置，吃起來軟嫩又有油脂的香氣，在蔥花的提味下顯得鮮美無比。」嚴書基長老佩服的說。

「這湯這麼有滋味，酸白菜還能保有脆度，難得。」高莉采長老微笑補充。

志達彷彿遇到知音，開心的向評審介紹這道菜的作法：「我把酸白菜煮了十分鐘，這樣煮出味道後，還能保有滋味和脆度。另外我先讓魚躺平，讓血液都集中到頭部，下鍋前十分鐘殺魚時，腥血便流得乾乾淨淨。魚肚也是在離火前五分鐘才下鍋，為的就是保有最新鮮的滋味。」

「果然毫無血味土味，極鮮極甜。」高莉采長老連聲讚道。

「爸，原來這就是你的祕密武器。」羽萱在臺下嘟著嘴巴，怪罪說：「有什麼好賣關子的啊？」

「我們過年都會吃酸菜白肉鍋，我原本就想開發酸白菜肉包，因此叫研發部每隔幾日就醃漬一桶酸白菜，想不到能在這時派上用場。」方子龍笑著說。

評審接著品嚐洪規果的作品。

洪規果介紹自己的料理：「我做的是『湘潭活魚湯』。」

「嗯，魚肉經過油煎，使湯品呈現濃郁的黃褐色，漂浮的綠蔥段和紅油泛著美麗的光澤，加上雪白的豆腐，好一幅繽紛誘人的畫面。」嚴書基長老還沒入口，就對作品的「色」讚不絕口。

「香啊！聞著是一種蒜苗、辣椒和魚肉微微的焦香，一入口辣中帶甜，甜中帶鮮，將豆腐的甜、魚肉的鮮和辣油的刺激，都融合進湯裡，喝到了舌頭、喉嚨、鼻腔中，又是另三層的複合之香。」高莉采長老說。

嚴書基長老連吃兩塊豆腐，頻頻讚道：「你扎扎實實的把魚肉的鮮甜燒進去了，豆腐裡都是魚肉的香氣。」

「魚肉又厚實緊脆，彈牙無比，著實保留了魚虎的尊嚴。」高莉采長老雙眼炯炯有神的說。

「魚虎還有尊嚴？」羽萱不解的看著爸爸。

「人有人的尊嚴，魚當然也有魚的尊嚴。」方子龍笑說。

這話一說，羽萱更困惑了。

范衛襄前幫主還是沒有說話，引領兩位評審走向廖理王。

最後換廖理王介紹自己的料理：「這是『一品鮮魚湯』，請評審品評。」

高莉采長老看一眼，然後說：「三位參賽者中，你的湯是最清澈的。」

「你的魚肉切割得最整齊，最漂亮。」嚴書基長老也說。

廖理王得意的抬起下巴，驕傲的咧嘴微笑。

三位評審清口之後先聞香氣，紛紛皺起眉頭，直待喝下一口湯，不禁面面相覷。

第八章

宣布廚藝決賽結果

「你這招是險棋。」嚴書基長老嚴肅的說。

「那是因為我認為魯菜的製湯法最為講究，湯品清而鮮，是湯中最高等級，因此……」廖理王急忙解釋。

「這未免太豐富了吧！」高莉采長老搖頭嘆氣，「唉，君臣不義。」

「不，是小人當道。」嚴書基長老也豎起眉毛說。

「你自己說，」一直沒說話的范衛襄前幫主終於開口，卻是面露不悅的質問廖理王：「這道菜有何新奇的創作理念？」

廖理王感到大事不妙，趕緊詳加說明：「我想利用魯菜的精華『吊清湯』

來搭配鮮魚。我也知道這在半個小時是做不來的，因此用了十足的內力來加持，煮出來的清湯提供了鮮味的底襯，為鮮魚錦上添花。我用心這樣設計，是想出奇制……」

「雜！」高莉采長老沒有讓他說完。

「亂！」嚴書基長老也不假詞色。

「是啊，湯色雖清，味卻雜亂。」范衛襄前幫主搖搖頭失望的說，「你用內力來強化火候，揠苗助長的結果是逼出了豬雞鴨的雜質。沒錯，你用雞肉泥來吸附雜質，可區區十幾分鐘，只撈除了有形的雜質，除不掉湯中的雜味，而魚呢？」

范衛襄講到「魚」字時，睜圓了雙眼，廖理王啞口無言，慚愧低頭。

「我懂了，他的魚沒有尊嚴。」羽萱忽然頓悟了。

方子龍在一旁微笑揚起眉毛。

三位評審聚到臺中央，低頭慎重討論。

最後，由范衛襄前幫主代表其他兩位做出總評：「『酸白菜魚虎湯』在三道料理中最鮮，酸甘有餘，但香氣不足。『湘潭活魚湯』品相繽紛華美，既鮮又甜又香，是今天的第一名。至於『一品鮮魚湯』，只有一句：天下大亂。在這一場比賽中，遭到淘汰的是『孔府風雲魯菜館』的廖理王。」

「耶──」觀眾喝采鼓掌，洪規果和志達上前向大家鞠躬。

主持人緊接著說：「現在『瀟湘煙雨湘菜館』的洪規果副主廚，即將前往本飯店的廚房，指揮廚師們為大家料理這一道『湘潭活魚湯』，在待會兒的茶會上立即就能品嚐到。」

羽萱看到志達走下舞臺，開心的跑過去，高聲歡呼，雀躍不已。

「老大真是了不起！」安南也跑到志達面前大叫。

「老大太厲害了。」酷鷹和暴龍在一旁很有默契的說。

「拜託，不要再叫我老大了。」志達只能無奈的苦笑。

半小時後茶會舉行，除了各色精緻的中式小點心之外，大家都喝到了「湘潭活魚湯」，果然滋味豐富，叫人回味無窮。

這時，魏鼎辛忽然出現在舞臺上，拿起麥克風說：「這道『湘潭活魚湯』是我們『瀟湘煙雨湘菜館』的招牌湯品，請大家盡情享用。」

「魏長老怎麼來了？剛才比賽時沒看見他啊。」羽萱驚喜的說。

「厲害的人總是在該出現的時候出現。」方子龍笑著說。

羽萱不明白方子龍話中的玄機，問說：「什麼意思？」

「不需要出現的時候，自然就不會出現。」方子龍莫測高深的說著。

「哼！」羽萱覺得爸爸故意打啞謎，決定不理他了。

魏鼎辛走下臺，眾人紛紛過去向他道賀，他謙虛的笑著說：「沒什麼，這道湯品是祖傳下來的，洪規果煮得還可以，但如果是派我們『瀟湘煙雨湘菜館』的魏興主廚來料理會更加美味。」

方子龍要羽萱把輪椅推過去，和眾人一起向魏鼎辛道賀。

「魏興主廚現在還好嗎？」方子龍恭賀完後又問。

「承蒙方董事長關心，他已經好多了。」魏鼎辛客氣的回答，「倒是你怎麼受傷了呢？看起來比我兒子還要嚴重。」

「不小心出了點意外。」方子龍坦然的說。

「大臺北每一家大醫院的院長，都是我們『瀟湘煙雨湘菜館』的老主顧，要不要我去打個招呼，拜託對方好好照顧你。」魏鼎辛好意關心。

「不勞魏長老費心，我的傷只要多休養一段時日便會痊癒的。」方子龍客氣的說。

志達覺得奇怪，怎麼魏長老開口閉口都是「瀟湘煙雨湘菜館」呢？他想起繼程，跑去問說：「魏長老，繼程有來觀賽嗎？」

「沒有，他忙著補習。」魏鼎辛回答。這時洪規果在他身邊耳語，魏鼎辛一聽燦爛的咧開嘴，張開雙臂說：「林志達小朋友，不愧是現任幫主陳淑美的兒子，廚藝真是不得了。你這麼厲害，跟我們洪規果副主廚一同晉級總決賽，果真英雄出少年啊！」

「沒有啦，我只是把方叔叔教我的，如實做出來而已。」志達抓著頭，不太好意思的說。

「哎呀，再這樣下去，我們『瀟湘煙雨湘菜館』還混得下去嗎？我一定要趁你自己開業之前，把你網羅進來，免得成為我們的對手。哈哈哈！」

志達尷尬的笑著，雖然這些話表面上是在誇獎他，但聽起來卻不是那麼讓人開心。

「老大，我想喝你做的湯。」安南這時跑過來，用崇拜的眼神懇求。

「對啊、對啊，我們都想品嚐多才多藝的老大做的湯。」酷鷹和暴龍也湊過來，巴結的說。

「嗯，還剩下一些。」志達回頭一看，他煮的「酸白菜魚虎湯」還在臺上。

志達走過去為他們各盛了半碗，也給教會他做這道菜的方子龍和羽萱品嚐。

「哇！這湯雖然沒有辣味，但滋味的豐富一點都不輸給『湘潭活魚湯』，而且跟我媽做的『越式魚酸湯』有異曲同工之妙。」安南喝了後不住稱讚。

方子龍在一旁聽見後解釋：「你媽煮的是越南口味，它的酸來自羅望子、番茄和白醋，三種不同的層次。阿弟夏日裡有時會煮這道湯給我們吃，確實很開胃，她的廚藝也是一等一的。」

「你媽煮的越南菜真的很好吃，臺灣家常菜也很道地。我真羨慕你每天都能吃到那麼好吃的菜。」志達真誠的說。

暴龍和酷鷹也對安南投以欣羨的眼光，安南卻表現出不以為然的模樣。

「那沒什麼啦！不像老大你能贏得比賽，你才是真正厲害的高手啊。」

「對、對，還是老大最厲害。」酷鷹說。

「我們今天真幸福，能喝到老大親手做的湯。」暴龍也附和。

「別再叫我老大了，真彆扭。」志達不自在的說。

「你們幾個男生講的話好噁心，讓我起了一萬個雞皮疙瘩。」羽萱聽見這些男生的對話，忍不住取笑。

「方叔叔，既然我們老大晉級了總決賽，下一場應該還是由他參賽吧！」安南不客氣的對方子龍說。

「這一場是我爸請志達幫忙，下一場，當然是由他自己上場。」羽萱說。

「我剛剛聽到評審的評論了，這一場我贏得僥倖，下一場要對戰那麼厲害的洪規果副主廚，我一點信心都沒有。」志達坦誠。

「總決賽在下個星期，我這石膏得要包個兩個月，你們說我能如期出賽嗎？」方子龍比著自己的「石膏腳」，無奈的搖頭。

志達和羽萱一聽都露出錯愕的神情，安南倒是很開心，因為他的老大又將出賽爭取榮耀了。

「唉，再說吧！或許我可以練出什麼接骨神功，兩天就拆石膏了！」

大家被方子龍的樂觀感染，跟著笑成一團，因此沒有發現茶會的一角有個白衣人，把這一切都看進眼裡。當茶會結束後，志達帶著勝利愉悅的心情，趕去安養院向媽媽報喜時，那個白色人影也輕盈的尾隨在後。

第九章 兩方少年的肢體衝突

匡鏘——

瓷杯被人狠狠砸碎，緊接著傳來威嚴的怒罵：「你是怎麼辦事的？為什麼沒有搶到軒轅石？」

「啟稟主上，我下手的時候，不巧有人路過，擔心會暴露了你的身分。」

「混帳東西！我要你何用？」

主上把手舉起，一道陰風吹向跪在面前的那人，那人立刻抱著胸口，痛得在地上打滾。

「主上饒命！志達身邊的那個叫安南的小子已經中了蜘蛛毒，只要過幾天養足了獸性，自然就會去吃人血，變成嗞血魔。」

「等什麼等？你直接餵他吃人血不就得了。」主上不耐煩的說。

「主上說的是。安南跟志達很親近，我打算讓他暗中偷取軒轅石，他是最佳人選……」那人一邊痛苦的在地上打滾，一邊慌張的說。

主上收了手，陰風嘎然而止。

那人掙脫束縛後，急忙趴在地上說：「謝主上不殺之恩，謝主上不殺之恩……」

✲✲✲

週日中午，安南跑去網咖打電動。

「殺！殺！殺！」正當他如火如荼的打著妖怪，渾然忘我的時候，一隻手掌從背後搭上他的肩膀。

他一轉頭，發現一張熟悉的面孔挑起眉毛，露出似笑非笑的表情。「哇，

劉安南，混血王子好久不見啊！」

竟然是呂興榮。一股恨意油然而生，安南眼睛噴火，面目猙獰的起身，瞬間抓住他的手臂就要咬下去。

呂興榮被劉安南突如其來的舉動嚇了一跳，急忙把手甩開。「開什麼玩笑？又不是三歲小孩，竟然咬人？」

安南像是沒聽見似的，繼續張牙舞爪朝他進攻，網咖裡的其他客人聽到聲響紛紛看過來。

呂興榮朝他揮拳，卻被安南抓住空檔，往他的肩膀狠狠咬下去。

「啊——」呂興榮大叫，用力掙脫。「你們兩個快來教訓他，在旁邊看什麼戲？」

兩個少年從椅子上跳起來，三人聯手把安南打了一頓。

呂興榮檢查痛處，還好隔著衣服，只在肩膀上留下了咬痕，沒有傷口。

安南挨打後蜷縮在地上，看著呂興榮和其他兩人，像是現在才恢復神智一樣，委屈的大叫：「你們幹麼打我？我又沒招惹你們，我們已經很久沒有瓜葛了……」

「你少裝蒜了！」呂興榮凶惡的說：「再來惹我，就是找死。」

接著三人便走出網咖，揚長離去。

安南認為自己平白挨揍，怨火中燒，便聯絡了酷鷹和暴龍。兩人來到網咖後，聽完老大的遭遇忿忿不平，想起之前呂興榮欺負他們的往事，新仇舊恨全都湊在一起。此時三人同仇敵愾，商討要如何討回公道。

最後他們決定找人去通知呂興榮，約好明天晚上十點半在河堤外的籃球場，一次把話講清楚。

隔天去到學校，安南直接去找志達，對他說：「老大，昨天呂興榮無緣無故打我，我吞不下這口氣，已經和酷鷹、暴龍約好，今天晚上十點半去找他們討公道，你一定要來幫我教訓他們。」然後把昨天在網咖發生的事一五一十的說給志達聽。

「他們說你咬人？」志達沉思了一會兒後說：「我覺得很可能是你又夢遊了。」

「怎麼可能？那是大白天耶！」安南無法接受。

「你沒聽過白日夢嗎？」

「這太扯了。」安南還是不信。

「你應該好好講清楚，告訴他們你不是故意的。」志達想了想又說。

「你不要那麼囉唆，重點是，你要不要幫我？」

「我不去，跟我無關。」

「你的功夫那麼好，對你來說一點都不難呀！」

「叫我去幫你打人，那是不可能的。」志達堅定的搖頭。

「你眼睜睜看著我被人打，竟然不幫我出頭，真沒義氣。」安南用埋怨的眼神看著志達。

「幫你去打架，又算得上什麼義氣？」

志達嘴裡雖然說著不去，但心裡十分擔心，於是決定按照安南說的時間地點赴約，但躲在暗處不要現身，看看情況再決定。

那天晚上十點二十分，志達趁著夜色掩護，躍上河堤旁的大樓樓頂，密切注意籃球場上的動靜。果然十點半一到，雙方人馬出現在場上，各有三個人。只見安南指著對方咆哮便朝呂興榮衝過去，蔣瀟華和洪采圖也與另外兩個人打了起來。

安南朝呂興榮猛揮拳，還齜牙咧嘴的作勢要咬他。呂興榮肩上才被咬過，餘悸猶存，不免後退了幾步。安南見狀步步進逼，呂興榮一時沒注意腳下，不慎被石頭絆倒，跌在地上，安南竟拿起那顆石頭要砸人。

志達不忍安南犯下大錯，急忙跳下去阻止。

可惜他還是晚了一步，呂興榮出手阻擋，手臂應聲骨折，慘叫不停。

「有人受傷了，不要再打了！」志達大喝一聲，把雙方人馬都鎮住了。「他的手斷了，不趕快治療不行，你們快把他送去醫院。」

兩個陪呂興榮赴約的少年原本就只是年輕氣盛，沒有想到會鬧得那麼嚴重，聽了志達這麼一說，連忙帶著呂興榮離開。

「老大，你果然講義氣。」安南看見自己把對手打跑，開心的對志達說。

「什麼義氣不義氣的，你現在把人打傷了，麻煩大了！」志達不悅的說。

「管他的，是他們無緣無故先打我的。」安南辯解。

「是嗎？」志達質疑，「蔣瀟華、洪采圖，你們兩個先走，我有話要跟你們的老大說。」

在兩人各自離去後，安南嘆口氣說：「你就是故意表現得很見外，跟我們保持距離，其實是看不起我們，對吧？」

「我要勸你，冤冤相報沒完沒了，你應該和呂興榮坐下來好好的談一談。」

安南突然蹲下來悶不作聲。

「你怎麼了？」志達疑惑的說。

「嗚嗚……」安南閉著眼睛，口中發出聲響，然後不停的甩頭。

「難不成又夢遊？不會吧？」志達跑過去要叫醒他，但手還沒搭上去，卻見安南往前一撲，身子打橫，四腳一蹬，像野獸一般的跳開了。

「啊，害方叔叔出車禍的那個人會不會就是……」志達心中大驚。

安南原地跑了一圈，隨即朝志達撲過來。

志達側身閃過，並趁機點了安南的穴道，他隨即倒地哀號。

「現在該怎麼辦？」志達實在不知如何是好，忽然想起了羽萱，撥打她的手機。幸好羽萱還沒睡，她冷靜的建議志達先叫救護車把安南送去醫院，她同時也會聯絡阿弟趕去，兩人一起分頭行動。

第十章 吵鬧不休的調解宴

志達陪安南上了救護車，一同進到醫院的急診室，卻赫然發現呂興榮也在裡面，旁邊還有人陪著他。

呂興榮手上打了石膏，看到安南也在病床上，嘲諷的叫：「難不成有人害怕自己打人的事情敗露，故意也把自己打傷，想要殺人的喊救人？」

「你不需要這樣，沒有人說安南是被你打昏的。」志達不客氣的說。

「但我的手確確實實是被他打斷的。」呂興榮氣憤的控訴。

羽萱在跟志達通完電話之後，先通知阿弟，然後下樓告訴方子龍。方子龍雖然行動不方便，但聽了羽萱說完仍堅持到醫院來關心，便叫司機載他們過來。

很快的，雙方家長都到齊了。

呂興榮身旁站著他的媽媽和一個老先生，志達覺得老先生有點面熟，一會兒才想起是「企業盃廚藝大賽」決賽中的評審之一——嚴書基長老。

方子龍見了，禮貌的打招呼：「嚴長老，您怎麼在這兒？」

「呂興榮是我外甥女的兒子，他們家不是灶幫的人，照理說不會涉入江湖糾紛。林志達，難道新任幫主的兒子仗勢欺人？你把事情說清楚，不然我會告到學校和警察局去。」嚴書基說。

「事情一定不單純。一個巴掌拍不響，我的兒子我自己了解。」呂太太看起來頗為明理，又對著呂興榮說：「劉安南不會無緣無故打你，對吧？」

呂興榮一聽，心虛的低下頭。

「林同學，可以請你告訴大家，究竟是怎麼回事？」呂太太對志達說。

「好。」

接著志達把整起糾紛的來龍去脈說明給大家聽。阿弟翻找出安南頭上的小紅點，眾人愈聽愈驚訝。

方子龍這時拿出口袋裡的一張照片。「大家看，這是我發生車禍的時候，路口的監視錄影機拍到的。」

照片中有個用手腳行走的人，那個人的身形和打扮都酷似安南。

「警察今天調出紀錄，問我認不認識這個人，我當然說不認識。」方子龍一臉凝重的說：「各位，安南著魔了！」

嚴書基長老張大眼睛，恍然大悟的說：「傳說中有五毒魔物可練就五毒陰功，而被魔物咬傷的人會出現野獸的行為，如果讓他吃到人血的話，還會變成噬血魔。我以前都當作灶幫裡茶餘飯後的趣談，想不到都是真的。」

「我家安南怎麼會招惹到魔物呢？」阿弟既擔憂又難過。

「心思不正的人才會招惹魔物，讓邪毒之氣有機可趁。如果身上有正氣，魔物根本沒辦法靠近。」嚴書基長老說。

「如果體內同時有邪毒之氣跟正氣呢？那會怎麼樣？」志達突然想到。

「正邪不兩立，兩種力量會在那個人的體內爭鬥，而在這過程中，當事人會很痛苦。」嚴書基長老說。

「莫非這就是當時他輸入內力給安南時，安南會頭痛難耐的緣故？」志達默默心想。

「這裡是哪裡？我為什麼會在床上？」這時安南突然清醒過來，彷彿不記得剛才發生什麼事。

阿弟轉憂為喜，陪在兒子身邊安撫他。

「嚴長老，你們也都看見了，這孩子若不是生病了，就是遭到魔物控制，不是存心惡意動手。能不能看在我的份上不要把事情鬧大，雙方私下和解，好不好？」方子龍客客氣氣的說。

「魔物？」安南聽了豎起眉毛，生氣的辯解：「我沒生病，也沒有著魔，是他們無緣無故先動手揍我。」

「你說謊！是你先咬我。」呂興榮氣極敗壞的嚷嚷，「後來在籃球場上你又把我的手打斷，這才不公平，我要找機會討回來……」

呂太太怒目瞪著兒子制止他說下去，接著轉頭對著眾人說：「其實在呂興榮轉學之前，常常霸凌劉安南和其他同學，為了這些事，我常跑去學校處理善後。所以今天發生這種事，我明白一定有原因。我不會偏袒自己的孩子，和解對我們大人來說也不難，不過孩子們大了，已經有自己的想法，彼此結下仇恨，恐怕不是一句抱歉就可以化解。」

「呂太太講的真有道理。」方子龍佩服的說，「這樣吧！我來當孩子們的和事佬，找一家好吃的餐廳，大家一起坐下來吃頓飯，把彼此的心結講出來，化干戈為玉帛，你們看怎麼樣？」

「費用由我來出。」阿弟著急的附和。

「就這麼辦，但我堅持各付一半。」呂太太也微笑說。

雙方家長都平和的面對這件事，唯獨安南和呂興榮還在怒目相向，巴不得立刻打上一架。

＊＊＊

翌日放學後，一行人到臺北市知名的大飯店「翠堤春曉浙菜館」去吃飯。

羽萱本來要去補習的，但方子龍認為調解衝突的場面，對孩子來說是很好的機會教育，因此特地向補習班請了假，要她一起過來。

大家在餐廳的包廂坐定，阿弟客氣的禮讓呂太太先點菜，呂太太看著菜單猶豫起來。「該點什麼好……」

方子龍建議：「龍井蝦仁是浙菜的名菜，用清明前後的龍井茶泡開去炒蝦仁，蝦仁白嫩，茶葉翠綠吃起來清香甘美。這裡的東坡肉味道也好，那是蘇東坡在黃州時發明的一道菜，後來出任杭州時，把作法帶去杭州，而成為浙菜的名菜。還有松鼠鱖魚，把魚肉切成一片片卻不切斷，整條魚下鍋油炸之後，就會如同松鼠毛髮一樣膨鬆，再淋上香濃的醬汁，連乾隆皇帝吃了都讚不絕口，說它是『天下第一魚』呢！」

呂太太聽了行家介紹，笑得合不攏嘴，說：「好，我就點這三道。」

阿弟接回菜單，請方子龍看，方子龍又傳給嚴書基長老，雙方推辭幾下，之後又點了：桂花糯米藕、紹興醉雞、無錫排骨、響油鱔糊、油燜春筍、小籠湯包、元盅土雞湯。

點好菜後，方子龍清了清喉嚨說：「正所謂不打不相識，有很多人一開始看對方不順眼，後來雙方卻成了好朋友。」

安南和呂興榮知道這些話是特意講給他們聽的，但一個把臉甩往側邊，一個望著天花板發呆，表情卻是一樣的不屑。

「想當年我和前幫主范衛襄爭奪幫主之位而比武，雖然我輸了，還身受重傷，療養了一年才復原，可是我沒有埋怨。男生嘛，爭鬥是競爭的本質，競爭又是進步的動力。那一場比鬥之後，我趁著療傷檢討自己的功夫，後來悟出道理，武藝更精進了。」嚴書基長老也回想往事，悠悠的說。

「不過，」方子龍口氣委婉，「遇到糾紛不要用暴力解決，比較成熟的作法是用說的，以理來服人。」

「對，對。」阿弟和呂太太同聲附和。

兩個男生仍然無動於衷。

羽萱在一旁看不下去，站起來對他們大聲說：「喂！今天大家是為了讓你們和解才來吃飯的，本姑娘還犧牲了寶貴的補習時間，你們兩個臭男生聽著，沒有和好的話，誰都不要走出這個門。」

「干你屁事啊！」呂興榮朝羽萱大叫。

安南看見羽萱挨罵眼中噴出怒火，用力拍桌。「你是什麼東西？竟敢罵我們的人？」

阿弟拉住安南。「不要這樣。」

呂太太也制止呂興榮。「講話怎麼可以這種態度。」

兩個少年不顧自家母親的勸告，眼看又要發生衝突，這時一位老廚師跑進包廂，打斷他們：「很抱歉，今天鱖魚賣完了，可否改為西湖醋魚？」

老廚師穿著白底黑鈕釦的廚師服，頭戴主廚高帽，臉上戴口罩，讓人看不清他的長相。

「西湖醋魚跟松鼠鱖魚有什麼不一樣嗎？」呂太太好奇的問。

「西湖醋魚是草魚做的，口感比鱖魚更鮮嫩幾分。」老廚師回答。

「那沒問題。」呂太太點點頭。

主廚離開後，方子龍說：「年輕人血氣方剛，戒之在鬥。我建議雙方直接把不痛快講出來，不要悶在心裡，不然糾紛總是無法解決。」

「是他在網咖裡面無緣無故先攻擊我，而且還把我的手打斷，今天如果大家都為他說情，那就太沒天理了。」呂興榮說。

「這確實是安南的錯，安南你先道歉。」阿弟說。

安南把頭側過去，默不作聲。

「安南，不管你記不記得，但你真的打傷人家，我也覺得你應該道歉。」志達在一旁幫腔。

安南回頭看了志達一眼，一會兒後鬆口。「好，看在老大的面子上，我願意道歉。」說著便站起來，轉向呂興榮。「對不起。」

「好了，好了，沒事了。」嚴書基長老跳出來打圓場，「從此大家是好朋友了。」

沒多久，餐廳的服務生上菜，方子龍看見端上來的菜色訝異的說：「想不到第一道菜就是西湖醋魚。」

大家開始用餐，志達夾了一小塊魚肉送進口中。

「啊，好酸！」他感覺到超乎尋常的酸味，忍不住大聲嚷嚷。

「不會啊！只是一點鎮江醋的酸而已。」方子龍說。

「還好吧！」其他人也都這麼說。

志達覺得納悶，怎麼自己的反應跟別人不同，不禁再吃第二口試試，這一次強烈的酸味不僅讓他的臉皺成一團，腦中還迸出祕笈裡的圖像：那一口大鼎上，雞仔豬肚鱉的旁邊竟冒出四個發亮的字「西湖醋魚」。

「啊，是它……」志達驚喜的脫口而出。

羽萱猜出他的心思，面露喜色。「莫非這是……」

「沒錯！」

砰——

這回換呂興榮拍桌，他覺得志達故意裝模作樣，分明蔑視他們。他指著志達怒罵：「這是我媽點的菜，你到底有什麼意見？我看你是存心找碴。」

「你敢汙辱我老大！」安南回罵說。

呂太太在一旁制止。「呂興榮，人家沒有那個意思。」

阿弟也安撫安南。「幹麼動不動就生氣？不能好好講嗎？」

兩人非但沒有理會，還紛紛跳起來。

「走，去外面單挑，不敢來的就是膽小鬼。」安南說。

「你才是膽小鬼！走啊！」為了面子，呂興榮逕自往外走去。

兩人不管大人們在身後叫喚，快步走出包廂。

志達怕出亂子，連忙快步跟過去，但出了包廂卻看見安南把呂興榮撲倒在地，朝他頭上揮拳。呂興榮舉起一隻手阻擋，仍連連挨揍，痛苦大叫。

志達上前把安南拉走，這時羽萱也追出來，幫忙攙扶呂興榮站起來。

羽萱氣憤的指著安南大罵：「你太過分了！你還有沒有一點理智啊？他都已經斷了一隻手，打石膏綁繃帶了，你還這樣打他？」

「他活該！」安南毫無歉意。

「你……」羽萱簡直氣炸了，轉頭對志達說：「把他帶離這裡，讓他好好冷靜。」

志達心思一轉，乾脆趁機帶安南去古代，遠離這個是非圈，他也可趕緊去學新神功。於是給羽萱一個眼色，拿出口袋中的鐵湯匙和軒轅石。

羽萱一見明白志達的意思，便拉著安南往志達身邊走去。

「雷金流火，天地玄黃，元祖叱吒，萬古流芳，天清清，地靈靈，全脈神功，請示薪傳——」志達大聲唸出咒語。

最後用力的拿鐵湯匙敲擊打火石，大叫：「西湖醋魚……」

「你在幹什麼……」安南困惑的問。

但他的話還沒有說完，青色的通天烈焰便拔地而起，將志達、羽萱和安南包圍。

接著火焰中冒出巨大無比的青熊，吼聲響徹雲霄，安南嚇得跌倒在地。

第十一章
主戰，還是主和？

青熊騰空捲走了所有的火焰，但周圍依舊光亮，三人發現身旁並非華燈初上的臺北街頭，而是清朗而寒冷的白天。他們站在落葉脫盡的樹林裡，前方是一座一望無際的湖泊，湖邊有十多人蹲坐著，各自備著水桶，不知在做什麼。

安南看見志達和羽萱都換上了古裝戲裡的裝扮，頭上紮了髮髻，不禁低頭看看自己，又摸摸頭頂，發現自己也變裝了，慌張大叫：「怎麼會這樣？發生什麼事？」

「我們回到古代了。」羽萱一時無法交代清楚，只能安撫他說：「你不要害怕，我們來找個東西，找到了就會回去。」

「你到底在說什麼，我怎麼聽不懂。這裡是哪裡？剛剛那頭青色的猛獸是什麼？牠去哪裡了？呂興榮呢？剛才吃飯的餐廳怎麼也不見了？」安南焦慮的不停發問。

「唉！這說來話長，有機會再慢慢說給你聽。」羽萱說。

志達收起軒轅打火石和鐵湯匙，安南卻抓住他的雙手大叫：「帶我回去，我要回去——」

這時羽萱忙對他們揮手。「你們不要吵，湖邊的人叫你們小聲一點。」

他們往湖泊看過去，果然有幾個人面向他們，不停把食指放在脣上，示意他們安靜。

他們輕手輕腳的走過去。志達問：「請問這裡是哪裡？」

「噓！」一個穿著整齊、看起來像負責管事的人，壓低聲音說：「你們一直講話會害魚兒不敢靠近。」

「你們在做什麼？」羽萱問。

那個人又氣急敗壞的低聲說：「不要再說話了，你沒看見我們在釣魚嗎？」

原來他們個個拿著釣竿正在垂釣，因為天冷，岸邊的湖水結了薄薄的碎冰。

「這座湖叫做什麼名字？」安南輕聲問。

「你們怎麼不知道大名鼎鼎的西湖呢？有什麼事快說，別在這兒妨礙我們辦正事。孫大人府上的喜事需要用到五十條草魚，再不湊齊可來不及了。」

「西湖？孫大人？請問現在是那個皇帝在位？」羽萱發問。

那個人忽然警戒起來，口氣帶著敵意。「你們該不是北方金國派來的間諜吧？」

「金國又是什麼東西？」安南好奇的問。

「什麼？連金國也不知道。金國攻陷汴京城，俘虜了徽宗和欽宗兩位皇帝，占領了我們北方的城池，國仇家恨，你們這些小孩……唉！不知道也好，徒增嘆息。」

羽萱腦中靈光一閃。「我懂了，這兒是杭州的西湖，南宋時稱為臨安。」

「正是臨安。」那個人回答。

聽到南宋，羽萱就想到民族英雄岳飛，不免關心的問：「請問抗金名將岳飛將軍，已經被秦檜害死了嗎？」

「天哪！這樣的話你也敢講？什麼害不害的，他若是真有謀逆不忠之心，那也是罪有應得。」然後那個人表情正色說，「你們三個是什麼人？」

「我們是三兄妹，因為戰亂父母雙亡，從北方流浪到這兒。」志達解釋。

「原來是這樣。」那個人同情的說，「可憐啊！」

志達有過先前穿越回到明鄭的經驗，連忙問說：「有沒有地方可打工？我們會做菜。」

「真巧，我們孫近大人的小兒子要娶媳婦了，為了孫府的五十桌喜宴，余大娘正急著招募人手來幫忙。唉！如果司徒大廚還活著，他跟他徒弟余大娘兩人可以包辦全部的菜餚，可惜他老人家半年前病逝了。」那個人感嘆的說。

「我們很會做菜，煎煮炒炸樣樣精通。」志達自信的回答。

「我不會……」安南想坦白卻被羽萱摀住嘴巴。

「他不會做菜，但是會洗菜、切菜。」羽萱說。

「那太好了，待會兒你們三個就跟我一同回去，我是孫府的奴僕阿忠。余大娘也是北方人，或許會收留你們在她底下工作。」那個人咧嘴笑說。

他們在岸邊等著，不久那幫人釣齊了足夠的草魚，便抬起盛了魚兒的水桶，走回臨安城。

臨安城裡好熱鬧，人來人往的，各種商家鋪子，酒樓、賣羊肉的，賣傘的、布料的、吃喝玩樂應有盡有。街上的孩子們奔跑追逐，還有人燃放爆竹，熱鬧不已，特別的是家家戶戶門口都掛了寫著「神荼」、「鬱壘」的木板。

「那些是什麼？」志達好奇的指著那些板子。

「那是桃符，掛在門上避邪用的，馬上就要過年了，這些都要換新。」阿忠說。

一行人來到一座華美的宅邸前面，阿忠說：「到了，我們去把魚倒進灶房的大水缸裡。」

這棟宅子內部就像它的外觀一樣貴氣，有好幾進的院落，他們到了灶房後，一個大娘迎上來，臉上掛著期盼的神情說：「齊了吧？」

「齊了，余大娘。」阿忠欣喜的回答。

「太好了，下午我還得去東市，叫賣菜的李老頭明天給我們送二十斤蘿蔔、白菜。」

這余大娘身子不矮卻略顯肥胖，臉色黝黑，彷彿是長年待在灶邊給柴煙燻出來的。然而她的雙目炯炯有神，指著三個孩子問：「這幾個是……」

阿忠介紹他們的身世之後，余大娘心生憐憫的說：「同是天涯淪落人啊！不過，年紀這麼小，真的會做菜嗎？」

進到灶房，看見四口大灶組成了「田」字，灶邊桌上有顆鴨蛋和一鍋剩飯，羽萱二話不說，加了柴火，兩三下就炒出一盤陽春蛋炒飯。

「你的廚藝又如何？」余大娘問志達，「拿這西湖的草魚來說吧，該怎麼料理？」

志達毫不猶豫搬出「酸白菜魚虎湯」的作法，仔細說了一番。

「啊，果然是行家。」余大娘驚喜的說。

「那你……」余大娘將目光轉向安南。

「我會打雜。」安南馬上說。

「這也不錯。」余大娘點點頭，「那就都留下來幫忙吧，孫大人不會虧待你們。」

「太好了！我們有棲身之所了。」羽萱說。

三個人吃完飯後，跟著大夥兒忙裡忙外，先是幫忙打掃環境，整個宅邸占地廣大，各處都要用清水擦拭，著實花費許多心力。不久後，有人用牛車載來十幾個新火爐，他們也去幫忙卸貨。

余大娘出門前把他們叫到身邊，給了一人一根扁擔跟兩個籮筐。「我要外出採買，你們來幫我挑東西。」

他們立刻應聲，開心的跟在余大娘後頭，能到戶外逛逛總比留在屋裡打掃好玩多了！

不過走在大街上，氣氛有點低迷，沿路聽得人們議論紛紛。

「岳將軍被人誣陷謀逆之罪，從十一月囚禁到現在，都已經快兩個月了，我看拖這麼久是凶多吉少。」一旁的男人說。

「你不知道他的兒子和部將已經被斬首了嗎？」另一個人也說。

「都怪他自己，打仗就打仗，管什麼皇上的家務事，建議皇上早點立太子以安定民心，這不是越權了嗎？」

「重點是他主戰，皇上和秦丞相主和，兩方意見完全相反。」

余大娘聽見了忍不住插話。「岳將軍當然主戰了，眼看著北伐節節勝利，奪回許多城池，就要直搗黃龍，救回二聖，卻被皇上的十二道金牌緊急召回。」

「那當然，二聖如果被救回來，現在的皇上該怎麼辦？讓位嗎？」

「是歸位。」余大娘理所當然的說。

「人家皇帝做得好好的，當然不願意讓位和歸位。」有人這麼說。

「岳將軍是冤枉的，他被召回臨安後，被皇上拔去了兵權，他隱居起來，沒想到秦檜竟派奸人誣陷，說他心生不滿，寫信給他的昔日部屬，鼓動他們起兵造反，將他打入大牢，到現在還不知道會怎麼判決呢！」

「聽說是秦檜的妻子收了金人的賄賂，才反對攻打他們！」

大家說起岳將軍被陷害的事，個個義憤填膺。

忽然有個頭戴毛帽的人不高興的睥睨余大娘一眼。「大娘，你是孫近府上的廚娘，你們家大人跟秦檜是一夥兒的。」

「我雖然是孫府的人，但也知道岳將軍忠心為國、被人冤枉。儘管我只是個廚娘，但是忠義兩個字還知道要怎麼寫。」大娘急忙澄清。

「好，很好。」戴毛帽的人因而對余大娘另眼相看。

志達、羽萱讀過這段歷史，知道岳飛終將被秦檜所殺害，一直默不吭聲，但這時安南卻說：「岳飛得罪皇帝，死有餘辜。皇帝是老大，怎能不聽老大的話呢？」

「岳飛是忠臣，他救徽宗和欽宗，那是為了國家大義。」羽萱不高興的說。

「我覺得主張和平的皇帝和秦檜才是對的。」安南不以為然的反駁。

「主和是姑息敵人，求得短暫的和平，卻可能帶來巨大的禍害。」志達說。

「你們不是要我不要跟別人打架嗎？為什麼又支持『主戰派』呢？秦檜主和，『和平』不正是你們以前要我做的嗎？」安南不高興的挖苦說。

「情況不一樣啊！」志達說。

「和平也有分好壞，投降也能和平，而且可以是最快達成和平的方法，可是一旦投降了，你就會變成敵人的俘虜，這樣你也願意投降嗎？」羽萱說。

「願意啊！我之前因為打不過志達，不是就直接投降，叫他老大了嗎？」安南指著志達說。

「你……」羽萱氣得不再跟他說話。

「我本來就是你的朋友，可是金國不一樣，他們就像豺狼一樣，要把南方的政權全部吞進肚子才能滿足。」志達還是耐心的解釋。

安南雖然沒有再出言反駁，卻還是一副不服氣的樣子。

回到孫府後，三人聽從余大娘的指揮把食材整理就位，開始準備晚餐。

這時余大娘突然嘆口氣說：「咱們孫大人在朝廷當大官，是秦檜丞相的同黨，他們都主張與金人議和，不要戰爭。可是這是養虎為患，終有一天要後悔的。」

晚餐剛做好沒多久，有人送來好幾籠的雞鴨，余大娘指揮一班奴僕和三個小廚子，在灶房裡點起燭火宰殺雞鴨，從放血到煮熱水拔毛，搞得到處都是血腥味，又是屎臭味。

三個孩子渾身沾染了難聞的腥臭，紛紛皺眉憋氣，尤其安南沒有下廚的經驗，更是痛苦。

又忙了大約一個時辰，總算把一百多隻的雞鴨全數處理好，用籮筐裝著，往後院一放，漸漸就凍起來了。

「這裡的天氣就像冰箱一樣，真方便。」羽萱抹著額頭的汗珠，開心的說。

話語剛落，這時前廳傳來歡快的人聲。

余大娘聽見聲音前往窺探，他們三人閒著沒事，也跟著過去。

余大娘和三個孩子躲在牆後，看見廳堂中燈火通明，有人說：「這岳飛殺得好，皇上御賜了毒酒，又把他的頭砍下來，殺雞儆猴，叫那些心存謀逆和主張戰爭的人不敢再妄想跟進。」

孫近坐在主位上，笑呵呵的說：「秦丞相立下大功一件，皇上龍心大悅，必然加官進爵，我孫家也將跟著雞犬升天，指日可待了。」

余大娘傷心的抹著眼淚，悲痛不已。

這時管家跑到孫近身旁說了幾句話。

「叫他進來。」孫近說。

管家走出廳堂，一會兒領了客人進來，那人獐頭鼠目，卑躬屈膝，滿臉盈笑，一進門就對孫近鞠躬：「恭喜孫大人，施金山有禮了。」

躲在牆後的余大娘突然激動的抓著窗上的短柱，咬牙切齒，渾身顫抖，彷彿想把它們扯斷似的。

羽萱和志達面面相覷，感到十分訝異。

第十二章 噬血魔再次現身

施金山身邊跟著一個彪形大漢，長得虎背熊腰，銅鈴大眼，大冷天裡打赤膊，渾身血脈賁張，殺氣逼人。

孫近看了害怕，叫大漢退到廳堂外等著。

「之前要送給大人的五十頭肥豬已經用板車送來了，就在大門口。」施金山奉承的說。

「怎麼這麼不懂禮數，快叫人從後門送進後院。」管家說。

「失禮了。我這就叫人送過去。」施金山應承。

「讓阿忠帶他們過去。」孫近說。

管家聽了吩咐便出去喚阿忠，這時施金山又說：「大人，天寒地凍的，因此我讓手下的屠戶們把五十頭豬都宰好了，精肉肥肉分在一車，五臟頭尾分在一車，共一百臺板車，敬獻給大人。恭賀您府上大喜，令郎早生貴子。」

「知道了。」孫近面無表情，手托腮幫子，冷漠的望著外頭。

施金山察覺不對，用眼神探問管家，管家提示他說：「怎麼只有豬肉、五臟和頭尾？豬血呢？」

「真抱歉，那豬血用來餵養我的新保鏢瘋豹了。大人您剛才看見了，他身材魁梧，孔武有力，偏偏不要工錢，也不吃其他食物，只愛喝豬血，因此我只得將那些豬血都給他了。」施金山心虛的說。

「你把要給我的東西，分給了別人？」孫近的語氣低沉，像是忍著極度的不快。「那五十頭豬你拿回去，我孫近買不起五十頭豬嗎？」

「大人恕罪！」施金山慌張下跪，「大人恕罪！晚上我就叫屠戶們再殺五十頭豬，明天一早把豬血送來，請大人息怒。」

孫近這才勉強點頭。「起來吧！我聽說你有事要求我，說來聽聽。」

施金山不敢站起來，反而頻頻彎腰磕頭，慌張的哀求：「啟稟大人，昨天我在房門上發現一個夾著信箋的飛鏢，把信打開一看，是我的仇敵宋二郎。他在信上警告，說他將會出席孫府的喜宴，為他的哥哥報仇，要我趁早交代後事。今天一早我到處徵求保鏢，還讓應徵的人互相決鬥，最後就是瘋豹勝出。」

「你平日不知做了多少壞事，得罪了多少人？跟我說這些幹什麼？你有保鏢護著你，有什麼好怕的？」孫近的語氣明顯不耐。

「不，大人。」施金山又說，「他說要在孫府喜宴的時候下手，那不就搞砸了令郎的大喜之日，我不能無辜牽累大人，因此提前來稟報。」

「太過分了，難道我也得罪過那個宋二郎嗎？」孫近感到莫名其妙，「說，你和那人有什麼恩怨？」

「多年前，此人和他的哥哥宋大郎以釣魚、擺渡為生，一日我搭了宋大郎的船，他意外落水而亡，宋二郎知道後便將過錯賴在我身上，說是我害死他的哥哥。」施金山眼神飄忽，口中卻是振振有詞。

「真的是這樣嗎？」孫近質疑的說。

「哎呀，大人，小的萬萬不敢欺瞞您！後來宋二郎來找我尋仇，不過沒有成功。但聽說他這幾年改名換姓，也改變了容貌，通過科舉謀得官職，只盼孫大人明日喜宴早早設下埋伏，待宋二郎現身把他抓起來。」施金山說。

「幫你清理仇家不是問題。」孫近比出五根手指頭。

「小的知道禮數，謝謝大人。」施金山又磕頭。

志達也比出五根指頭，問余大娘：「這是什麼意思？」

然而余大娘卻愣愣的望著前廳發呆，久久才回神說：「五……五百兩。」

施金山待了一會兒後離開了，他們也回到灶房，但余大娘一副若有所思、心不在焉的模樣。

「大娘，你身體不舒服嗎？」羽萱關心問說。

「沒事。」她搖搖頭。

「你怎麼了，怎麼看起來失神落魄的樣子？」志達也關懷的問。

「沒事。」她仍然這樣回答，然後吸口氣，挺起胸膛說：「天色暗了，今天的工作都做完了，明天的喜宴才是重頭戲。你們早點休息，明日天沒亮就要起來做菜了。」

三人回到傭人的房間後，羽萱說：「那個瘋豹愛喝豬血，根本就是噬血魔。」

「沒錯。」志達贊同。

「你們在說什麼？什麼是噬血魔？」安南感到莫名其妙。

「那是一種以人血為生的妖魔，殘忍暴虐，非常可怕。」羽萱嚴肅的說。

安南想起自己那天夢遊醒來時，嘴角有血漬，還吐出黑色的黏稠物，害怕的說：「那麼，我是噬血魔嗎？」

「你不是啦！如果你是噬血魔，早就把我們兩個殺掉，吸光我們的血了。」羽萱笑著說。

「可是，噬血魔怎麼會知道我們在南宋的西湖邊呢？」志達問。

這問題羽萱也沒有答案，三人忽然陷入一陣沉默。

一會兒後，志達又說：「余大娘的舉動好奇怪。」

「就跟看到仇人的反應一樣嘛！我看到呂興榮的時候，應該也差不多是這種表情。」安南笑說。

「她跟施金山有仇？」羽萱問。

「誰知道？大娘什麼都不說。」志達說。

「哎呀！冤家宜解不宜結，冤冤相報何時了？一起坐下來吃頓飯就好了嘛！幹麼生氣呢？」安南又藉機嘲諷。

「你平常都這麼討人厭嗎？」羽萱瞪著安南，氣呼呼的說。

安南原想反駁，卻沒預警的打起嗝，而且聲音愈來愈奇怪。

「嗝……嗝……吼……」

接著，他像上回在籃球場時一樣弓起身體，用手腳走路，並且張開嘴巴，眼神迷離的吼叫。

「安南又發作了。」志達驚慌叫道。

羽萱第一次看到安南這副模樣，嚇得站起來保持警戒。

咚！咚、咚！

這時窗外傳來打更的銅鑼聲響，同時有人在屋外喊著：「平安無事……」

「啊！我讀過書上記載古代打更的情形，連續三響聲代表三更，也就是十一點到凌晨一點之間。」羽萱推論。

「十一點？」志達回想安南上回發作的情況，有所領悟的說：「安南似乎都在這時間出現異狀。」

志達鎮定下來，回想起那天在籃球場對安南點穴，於是如法炮製，兩三下就將安南制伏，使他陷入昏迷。

「羽萱，你過來幫我扶著他。」志達調整安南的姿態，讓他盤腿而坐。

羽萱在一旁扶好安南，接著志達說：「我試著幫他運功，看看能不能感應到什麼。」

他說完便坐到安南背後，雙掌運氣貼到安南的背上，開始把真氣運送進去。那股內力進到安南體內之後，猶如繁茂的樹根密密的深入土壤中一般，滲進了每一條經脈之中進行探索。

很快的，志達感應到一股力量對他的內力進行反抗，那力量本來是分散的，漸漸集中起來，將他的內力往回推。他不甘示弱，將分散各處的內力收攏一起，全力對付。

他想將那股力量擊垮卻不得要領，它始終在那兒，只是稍微縮小範圍，收攏在一起。幾次之後，志達發現他可以藉由內力移動那股力量的位置。

「太好了！」他在心中大喊，腦中掠過一個靈感，隨即用真氣一逼，將那股力量運到腸子之上，並且慢慢推移到其中一截，並在它周圍施加內力，將它困在裡面。

他鬆開手，收起內力。

「怎麼樣了？」羽萱焦急的問，「有什麼發現嗎？」

「他體內的毒血之氣被我集中濃縮，鎖在盲腸裡頭，不會散發出來。或許這樣能讓他暫時不會再次出現野獸的舉動。」

「為什麼是盲腸？」羽萱納悶。

「因為盲腸是沒有功能的器官啊。把毒血鎖在裡面，它就沒辦法作亂了。」志達解釋。

「好主意。」羽萱欽佩的說。

「好了，我們該睡了，明天還要早起工作。」

三個人就這樣進入夢鄉。

但過沒有多久，他們就聽見佘大娘的叫喚聲。

「快起來，今天中午要辦喜宴，起來做菜了。」

不由得他們賴床，幾個大人直接把他們從床上挖起來，拖到井邊。

「先洗菜。」佘大娘下令，大家只得趕緊動作，拿起刷子和沾了泥的蘿蔔，開始刷洗。雙手一碰到冰冽的井水，瞬間就把他們冷醒了。

好不容易洗完蔬菜，余大娘說：「今天的菜色裡有東坡肉、水晶膾和餛飩……」

「水晶膾是什麼？」安南好奇的問說。

「可憐的孩子，居然連水晶膾都沒吃過。」余大娘不禁同情起來，耐心的解說，「那是把豬皮熬成膠，放冷之後便會結凍。這道菜需要天冷才能製作，通常是臘月才吃。」

「原來是豬皮凍呀！」安南笑著說。

「你們三個，一個負責把五花肉切成四方塊，剩下的肉，一個把豬皮切下來，一個把沒有豬皮的肉剁成肉末。」余大娘又吩咐。

他們商量了一下，決定由羽萱切五花肉，安南切豬皮，志達剁肉末。志達內力深厚，動作極快，安南雖然只是切豬皮，常常還趕不及供應志達沒皮的豬肉塊。

「其實二十頭豬就夠喜宴使用了，老爺也太貪心了。」余大娘感慨的說。

「施金山怎麼會有那麼多豬，說要多殺五十頭就多殺五十頭呢？」羽萱好奇發問。

「他是這一帶有名的屠戶，底下有一百多個屠夫，肉價由他一人掌控……」只見大娘愈說愈激動，最後語氣凶惡的說：「別在我面前提起他——」

三人一聽不禁乖乖閉嘴，低頭工作。

余大娘指揮灶房上下的能耐真不是蓋的，很快就在十幾個大爐裡燒紅了炭，幾個用來燉煮東坡肉，幾個用來熬豬皮膠，然後把雞鴨掛進大燜爐裡，開始烘烤。

「哇，烤雞和烤鴨，都是我的最愛！」志達開心的說。

「你哪兒學來這種奇怪的說法。」余大娘皺著眉，搖搖頭說，「我們這兒稱為炙雞和燠鴨。」

「大娘，軟羊要在哪兒燉？我看後院都沒位置了。」阿忠過來問道。

「真沒辦法，就把後門打開，把爐子擺到後巷去吧！」

「好的。」阿忠急忙帶人過去布置。

「軟羊又是什麼？」羽萱好奇的問。

「沙鍋燉羊肉啊！」余大娘解釋，「好了別問那麼多了，快來包餛飩吧，一桌要準備一百顆餛飩才夠呢。」

說完她便開始燙麵團，擀麵皮，把調好味的豬肉餡包進麵皮裡，捏成元寶的形狀。

「這看起來像是水餃，怎麼說是餛飩呢？」安南好奇的說。

「又怎麼啦？」大娘有點不耐煩，「你們該不會連餛飩也沒吃過吧？」

「原來在宋朝，餛飩就長得跟我們的水餃一樣。」羽萱細聲說。

三人會意過來，開始幫忙包起餛飩。

這時灶房外傳來人群雜沓的聲響，余大娘彷如夢中驚醒，跑出去繞了一圈，回來後說：「你們包餛飩，我去殺草魚。這草魚本來要紅燒，排在第五道菜，我現在改變計畫，第一道就要上它，而且是改做成醋魚。還有，雖然餛飩是最後一道菜，但還是得加緊動作，因為一開桌之後，就沒什麼時間了。我這就找人一塊兒去殺魚，你們快點。」

「是的。」三人同聲回答。

志達聽完大娘的吩咐，高興的心想：「太好了，西湖醋魚要出現了，我得隨時留意著，看看『內力心法』有沒有冒出來。」

那表示他們即將可以回家了。

第十三章
殺氣騰騰的大喜之日

志達回想剛才余大娘聽見前廳人聲雜沓的反應，覺得事有蹊蹺，因此跑到井邊偷看大娘殺魚，卻見她不時抬頭張望，心神不寧。志達觀察附近的變化，這才發現不管是後院或後巷，都布署許多佩帶刀劍的人，來回徘徊著。

他心中一驚，跑進灶房對另兩人說：「孫大人真的請許多高手過來，就等施金山的仇家出現要抓他。」

「天哪，今天是結婚喜宴，千萬不要釀成悲劇啊！」羽萱看起來也很憂心。

這時前廳已是貴客盈門，孫近和夫人陪客人寒暄，整個大堂裡鬧烘烘的。

不久大娘回來，身後的奴僕提了幾籮筐殺好的魚。

「準備得怎麼樣？前面已經拜堂了，午時一到就要開桌，剩不到兩刻鐘啊。」管家跑過來催促。

「別擔心。」大娘回話後，轉身對他們說：「快在大灶上煮一鍋熱水，我要來做醋魚了，這可是我獨創的一道菜。羽萱燒柴火，安南去捧盤子過來，志達到我旁邊，這個灶裡也要燒柴火，好讓我煮醬汁。」

志達熟練的在另個灶心裡燒出大火，余大娘先在乾鍋裡起油鍋，加入蔥薑炒過後加入黃酒和醬油，然後倒進一壺鎮江醋。一瞬間，濃郁的醋酸瀰漫空中，往人鼻孔內鑽去。

「咳——」大家不禁連連咳嗽。

煮好了淋醬，大娘用極快的速度在魚身上切了幾刀，魚身分離成不均等的六片，然後下鍋燙煮。大娘在心中默數，大約過了三分鐘，便將魚塊撈起，分裝到盤子上，然後淋上酸溜溜的醬汁。

「咦，怎麼沒有感應？」志達一直期待著腦中出現內力心法，可是沒有半點動靜。「西湖醋魚的內力心法到底是什麼？」

這時，前廳響起了爆竹聲。

「你愣在那邊幹什麼？快把菜端到前面去啊！」大娘提醒志達，他才發現羽萱、安南和其他兩個送菜的奴僕都不見了。他急忙端了兩盤菜，走到前廳去。

前廳和院子裡都擺滿了桌子，志達選了其中兩個空桌把菜擺上，又快快回到灶房。就這樣來回數趟，才把第一道菜都上完。

「真是酸得夠味呀！」不少人品嚐之後如此稱讚。

「這魚肉鮮嫩，不會煮得太熟而變得乾澀。」也有人這樣讚嘆。

孫近意興闌珊的望著外頭的天色，納悶的說：「怪了，秦相爺說好要來的，怎麼到現在還沒有到。」

「聽說皇上下令賜死岳飛之後，秦相爺一高興，昨晚就喝多了，怕是還沒起床呢！」有人回他。

志達經過另一張桌子，看見一位濃眉大眼、大鬍子的中年人站起來，旁邊同桌的賓客叫住他：「郭懷大，酒席才剛開始，你跑哪兒去？我們說好要喝個不醉不歸。」

「我去趟茅房，等會兒就回來。」叫做郭懷大的男子開玩笑說：「你別跑，等我回來收拾你。」

「哈哈哈！」席間響起眾人哄笑。

志達原本只當作一般賓客在嬉鬧，趕緊走回灶房端菜，不料卻發現這個郭懷大尾隨在他身後，而不是到屋子另一處的茅房。

志達進到灶房端起兩盤炙雞正準備回頭往前廳走去，卻遇上了跟著他走進來的郭懷大。

「嫂子！嫂子！」郭懷大低聲叫喚。

這人是怎麼回事，怎麼來灶房認嫂子呢？

志達心中納悶，不禁問他：「你是余大娘的親戚嗎？」

郭懷大點點頭，伸手示意他不要多問，繼續輕聲叫喚：「嫂子！」

余大娘正忙著把炙雞和燠鴨從焖爐裡拿出來，聽見聲音，以為是外頭的賓客沒有理會，繼續手邊的工作。

「嫂子！是我。」郭懷大又說，「我吃到醋魚了，我知道是你呀。」

余大娘聞言一愣，急忙回頭，接著睜大雙眼，指著郭懷大說：「是你……」

「是的，是我。」郭懷大往地上一撲，雙膝下跪。「長嫂如母，六年來未曾向你問安，真是不孝。嫂子，別來無恙？」

「那酸溜溜的醋魚，是我給你的暗號。你果然也在賓客之中，太好了……太好了……」余大娘不住的點頭，兩行熱淚順著流下，然後她扶起郭懷大，激動的說：「你居然能認出我來，我可一點都認不出你呀！」

志達看傻了眼，安南和羽萱端完菜回來，也看得莫名奇妙。

「你們快去上菜，先上炙雞，等會兒上完水晶膾，再上燠鴨。」余大娘看見三人對他們說。

「好。」安南和羽萱應聲而出。

志達一心期待著「內力心法」出現，端著盤子躲在門外偷看。

「你怎麼打扮成這樣？你若是沒有先認我，我也不知是你。」余大娘說。

「嫂子。當年我的武功贏不了施金山，但是文采還行，尤其在這重文輕武的大宋國，想要報大哥的仇，也只有當官一途。因此，我隱居苦讀，三年前科舉中第，現在擔任一個中階官員，只想著努力表現，力爭升官。」郭懷大又說：「而且我還拜了武當派的高手為師，學了不少獨門功夫，就為了找機會狙擊施金山。」

「原來他就是施金山口中的仇家。」志達心中暗叫。

「好，虧得你有情有義，不枉你哥哥當年那麼疼你。」余大娘看看外面，然後輕聲說：「施金山昨天來向孫近告狀，說你預告要在喜宴裡對他不利。孫近收了他的賄賂，在府邸內外埋伏了很多壯士，你可不要輕舉妄動。而且施金山新得了一位保鏢，叫做瘋豹，看起來魁梧勇猛，聽說非常殘暴，你可要千萬小心。」

「那飛鏢上的信，我只是故意嚇嚇施金山，喜宴上那麼多人，當然不是報仇的好時機。」郭懷大笑說。

「那我就安心了。我本也想在今日為你哥哥報仇，但人群中實在難以下手。你且快回座去，免得引起旁人懷疑。」

「原來施金山是余大娘和她小叔的共同仇敵，難怪大娘看見施金山時，那麼悲憤激動。他們到底有什麼深仇大恨呢？」志達心想。

「嫂子，不要待在這兒了，那孫近不是什麼光明磊落的人。你現在就跟我走吧！我們一同商討大計，為哥哥復仇。」郭懷大又說。

「好，我跟你走。但是現在還不行，我如果突然離開，怕是會連累了底下的人。不如等喜宴結束，今晚亥時到蘇堤旁的小破廟相見。」余大娘說。

「好。那我先回座。」郭懷大臨走時又補了一句，「嫂子這身打扮也與舊時相去甚遠，若不是那道醋魚，就算你站在我面前，我也不知是誰。」

「唉！紅顏禍水。」余大娘感慨的說：「如果可以重來，我寧願當時只是個蓬頭垢面的村婦，也不會無端遭致這些禍害呀！」

郭懷大嘆口氣，隨即離開灶房。志達跟在他後頭，進到宴席之中。

「喂！我們這兒缺炙雞呢！怎麼現在才來。」

「我們這桌也是，快點上菜。」

客人紛紛朝他嚷嚷，志達趕快把炙雞放在這兩張桌上。

這時，門外傳來門僮的吆喝：「秦相爺駕到——」

孫近一聽歡喜不已，立刻叫門僮燃放爆竹，並偕夫人和兒子們來到門口外相迎。

這時震耳欲聾的爆竹聲再次響起。

一見秦檜下車，眾人一同鞠躬作揖。

「歡迎秦相爺大駕光臨。」孫近上前迎接。

「恭喜啊！」秦檜春風滿面的對孫近說：「你連最小的兒子都討媳婦了，真是好命啊。從此可以好好享福啦！」

「謝相爺。相爺這邊請。」孫近一旁引路，帶秦檜到主桌就座。

志達回到灶房準備繼續端菜，余大娘好奇問他：「怎麼又聽到爆竹響起，發生什麼事了？」

「秦檜來了，老爺放爆竹迎接。」志達回答。

余大娘一聽憤恨滿腔，咬牙切齒的說：「這個奸臣害死了岳將軍，我相信老天有眼，終有一天會讓他得到報應的。」

志達看看一旁還剩許多麵粉，心生靈感。「或許不用等到那一天，今天就可以讓他當眾出糗。」

「什麼意思？」余大娘、羽萱和安南都感到疑惑。

「看我的。把這鍋燙煮草魚的熱水倒掉，我要煮一鍋熱油。」志達吩咐。

安南和羽萱如他所言，合力把鍋中熱水抬到溝邊倒掉。

灶房裡，志達開始和麵粉，還加入老麵，氣憤難平的說：「陷害忠良的奸臣，該給他一點顏色瞧瞧，否則太沒天理了。」

「你要用這麵粉做什麼呢？」余大娘問。

「待會兒你就知道了。」只見志達把麵粉揉成團，再壓成扁扁的小人，並且做出眼睛鼻子嘴巴的樣貌。做完兩個小人後，在它們背面沾水，相黏在一起，然後放入油鍋中炸。

這時羽萱和安南回到灶房，志達看見兩人說：「你們也來幫忙，做好一桌的分量就行了。」

大夥兒通力合作，做出了十個小人麵團，麵團炸過後膨鬆香酥，就像八里有名的點心「雙胞胎」。

「我剛才在外頭都聽見了，那個郭懷大是你的小叔，你現在就到湖邊的小破廟，等著跟他會合。」志達一臉嚴肅的對余大娘說。

「不行啊！我得把這宴席辦完才成。」余大娘認真的說。

「不用了，我們何必為這些壞人辦喜事呢？我現在就把這盤油炸麵團端出去，讓秦檜這個奸臣顏面掃地。」接著又對其他兩人說：「羽萱和安南，你們跟著大娘一起走，我隨後就到。」

「不！雖然我不知道你要做什麼，但是這裡高手如雲。」大娘認為志達年紀小，不知事情輕重，想要阻止他。「你要是弄出亂子，不但免不了一場牢獄之災，甚至小命難保。」

「大娘，你太小看志達了，我敢說不論金國還是大宋國，沒有人是他的對手。」羽萱笑著說。

「沒錯。我家老大會點穴和輕功，沒人能欺負他。」安南附和。

「當真？且與我對掌。」余大娘說完向志達伸手，志達回掌迎接，彼此較勁內力。但沒三秒鐘大娘即敗下陣來。

「沒想到你年紀輕輕，竟然深藏不露，還真看不出來呢！」余大娘又思量了一會兒，最後點頭同意：「好吧，你上菜之前，可否先到我小叔耳邊傳個口信。」

「我會的，你們快走吧！路上小心。」志達反而為他們擔心。

余大娘假裝要帶羽萱和安南到後巷去準備砂鍋軟羊，一下子就不見人影。

志達則是端了油炸的小人，來到郭懷大身邊，對他耳語：「嫂子說，現在就去破廟。」

郭懷大雙眼圓睜，起身往灶房察看，緊接著從後門離去。

志達隨後把菜端上主桌，一邊大聲的說：「這是灶房為了今日大喜做的新菜色，一面是秦檜，一面是他老婆，兩人黏在一起下油鍋，炸得焦脆香酥。」

眾人一聽面面相覷，秦檜更是大吃一驚，怎麼自己的名字會出現在喜宴的菜色裡？

「什麼？」孫近生氣的問，「你再說一次，這道菜叫什麼？」

「啟稟大人，」志達故意扯開喉嚨大聲呼喊，「這叫油、炸、秦、檜——」

秦檜滿臉怒意的瞪著孫近，孫近也氣得滿臉通紅，起身大叫：「來人，把這小子抓起來——」

前後院幾位帶刀的高手蜂擁而上，將志達團團圍住。志達先下手為強，以迅雷不及掩耳的速度一一點穴，這些壯漢便抱著肚子在地上打滾。

孫近氣壞了，要人去把余大娘帶過來，沒想到灶房裡不見半個人影。

施金山一看鬧事的是小孩子，不可能是宋二郎，因此沒有動靜，但是原本守在大門外的瘋豹聽見聲響跑進來，認出志達便一拳打去。

志達閃身及時躲開，接著站穩腳步，回他一拳。瘋豹被打中了臉，氣得大叫，瞬間變身成一頭大黑豹。

「媽呀！」在場的賓客一看嚇得奪門而出，到處翻桌倒椅，杯盤亂飛。

第十四章
叔嫂團圓

變成黑豹的噬血魔張著尖牙大口朝志達咬過來，但志達往旁邊閃身，讓他撲了個空，黑豹轉身對他咆哮後又撲過來，志達一時慌了手腳，不知怎麼辦，只得再躲開。

黑豹兩次失手，氣憤的仰天號叫，然後對著旁邊的賓客跑去，要啃咬別人。志達一驚，不顧一切衝過去，往黑豹身上打下，黑豹腰間受了一掌，往一旁翻滾三圈，暈頭轉向的趴在地上嗚咽。

志達想乘勝追擊，點黑豹的穴道來制伏他，但卻不知道黑豹的經脈位置。黑豹很快恢復了意識，振作精神騰躍起身，繼續展開攻擊，志達索性也高高跳起，朝他額頭全力一掌劈下。

不料黑豹料到他的招式，下巴一昂便朝他手掌咬去，志達發覺後趕緊收回手勢。

志達不敢再貿然朝頭部攻擊，改往側身進攻，然而幾次下來，黑豹都伶俐的閃過。他思忖，自己的輕功完勝黑豹的騰躍能力，應該用輕功來治他才對。

他抓緊黑豹下一次的攻擊，不閃躲，也不回擊，而是雙腳蹬地，飛到黑豹的上空，然後以泰山壓頂之勢往下打在他的背脊上。

「啊——」黑豹背部反弓，猶如遭到強力電擊，淒厲的慘叫。

志達無意與黑豹纏鬥，腳底一蹬，施展輕功便躍出孫府高牆，再跳上街巷的屋瓦，一路往西湖飛跳而去。

志達按照大娘給的指示，找到那間蘇堤旁破舊的小廟，順利與三人相會。

余大娘層層解開纏在腰上的棉布條，然後洗盡臉上髒汙，等她擦乾臉後，竟變成了柳眉杏眼，身材纖瘦的年輕婦人。

志達三人看得目瞪口呆，驚訝得說不出話。

這時郭懷大剛好趕到，一見余大娘就說：「嫂子，你完全沒變哪！」

「你呢？好好讓嫂子瞧瞧。」余大娘說。

郭懷大伸手拆掉臉上的鬍鬚，拔掉粗眉毛，再把臉一洗，成了一位英俊貌美的青年。

余大娘左右端倪，慨嘆的說：「瘦了，這六年來委屈你了。」

「余大娘，這到底怎麼回事？」羽萱忍不住發問。

「我不是余大娘。我是宋大嫂。」她微笑的說。

「啊？」這回答讓孩子們更迷糊了。

「我也不是郭懷大，我是宋二郎。」郭懷大說。

「啊？」迷霧一重又一重，三人啞口相對。

「六年前，我宋家兩兄弟與嫂子在西湖邊打魚、擺渡為生。嫂子因為年輕貌美，風姿綽約，受到惡霸施金山的覬覦，派人暗中殺害了我哥哥，想要強占嫂子。」宋二郎說。

「那可惡的施金山，帶了一幫打手佯裝成渡客，上了我家大郎的船，卻在中途將他殺害，並將屍體丟入西湖之中。」宋大嫂說著，激動起來。「我和小叔去報官，沒想到那狗官正是秦檜的同黨，他受理案件之後，施金山上下賄賂，佯稱我丈夫是自己失足落水，最後反而判我們誣告之罪。」

「太可惡了！」志達忍不住生氣怒罵。

「宣判的那一夜，我二人知道施金山勢必前來報復，並把我擄走，因此決定分開逃亡。臨行之前，我用鎮江醋和醬油，淋在燙煮過的草魚上面，給小叔餞行。二郎，你可還記得我當日是怎麼說的嗎？」宋大嫂說。

「我記得一清二楚。嫂子說，請記住這股酸冽的醋味，不要忘記您心中的酸楚，等待為哥哥報仇雪恨的那一天。」宋二郎說。

「沒錯。」宋大嫂流下眼淚，「你那時含淚答應，向天地立誓，不報此仇誓不為人。」

「之後我們兩人分開逃難，從此失去聯絡。嫂子，你怎麼會到孫近家當廚娘呢？」宋二郎說。

「我隱姓埋名，假稱是來自北方汴京城的余大娘，輾轉進入孫近府中當廚娘，目的就是想藉機報仇。我知道施金山跟孫近常有往來，如果哪一天施金山來孫府用餐，我就有機會報仇。」

「就我所知，孫近掌管了朝廷對牲畜的稅收，那施金山便不時要向孫近繳納孝敬的銀錢。孫近讓施金山少繳點稅，但那些短少的錢，最後又流回孫近手中。」宋二郎說。

「這些人太壞了。」羽萱聽了也很氣憤。

「先前孫府的廚子司徒大廚，無意間得知我的冤屈，極為同情。為了報殺夫之仇，我求司徒大廚教我灶幫的功夫，慢慢的學會了基本的招式，平常用在處理食材烹煮食物十分受用。原本司徒大廚還要進一步教我官灶派的各種劍法，可惜他在半年前病逝了。」宋大嫂又說。

「他是怎麼死的?」安南好奇的問。

「他得了肺病。即使他日日辛勤練功,但工作繁重,加上年事已高,也難敵煙毒之害。不過他享壽七十五,已經非常高壽了。」宋大嫂感恩的說著。

「大家忙了大半天,都餓了吧?」宋二郎說。

這話不說還好,一提三個孩子都覺得肚子在咕咕叫。

「隨我回家去,那兒有好酒、大米,而且頗為隱密,不易被人察覺。」宋二郎說。

「這樣吧,二郎,你到湖邊釣幾條草魚,我來煮真正的醋魚給你吃。」

「真正的醋魚?」宋二郎納悶,「我們臨別前吃的醋魚,還有剛才喜宴上的醋魚,味道都是一樣的,那不是真正的醋魚嗎?」

「不是的。當年我為了讓你記住哥哥的仇未報,故意強化了酸味,但我心中理想的醋魚,另有一番滋味。」宋大嫂說。

「哦?」大家一聽也十分好奇。

宋二郎直奔湖邊，輕功騰進水面，施展了武當派的「鷂子翻身爪」，直接就在湖面上抓到草魚。他將魚放回岸上後，重施此技，又抓了兩條。

三個孩子各抱著一條大草魚，跟隨宋二郎回到郭懷大的住所。那是位在城外的私宅，灶房裡大灶柴火、鍋碗瓢盆、油米鹽糖一應俱全。

宋大嫂一進灶房便給三個孩子分工，安南挑水，志達起火，羽萱幫忙殺魚。很快的魚肉燙煮好了，又重新起鍋，改調煮醬汁，不同的是這次還加入了許多糖。

當醬汁完成，宋大嫂將它淋在魚身上時，志達的腦中驚天一亮，冒出「正義之美」四個字。他欣喜無比，卻強忍住，只給羽萱使個眼色。羽萱心中會意，微笑點頭。

宋二郎嚐了一口醋魚後說：「原來真正的醋魚是這般甜美，難為了嫂子用心良苦。」

「當年我擔心你日子一久，會忘了哥哥的大仇，但現在我們叔嫂團圓，苦盡甘來了。」宋大嫂拭淚說。

「不！」宋二郎卻把盤子推開，搖搖頭說：「我不吃了，雖然這醋魚鮮美酸甜，非常可口，但是哥哥的大仇未報，我沒有資格品嚐甜味。」

「真是好兄弟！」宋大嫂感動的點頭說。

志達吃了一口，安南和羽萱也吃了，臉上都揚起幸福的微笑。

志達感到有股熱氣從胃中直衝肝膽，並沿著兩條經脈運行，形成兩道熱流。他走到戶外，瞇起眼睛，腦中觀想著「正義之美」四字，頓時兩道熱流膨脹數倍，強勁有力的漲滿體內。他讓熱氣恣意放縱，並且放任身體和手腳隨氣的動向而扭動。他專注著那兩道熱流的運行，但頭、軀幹和四肢卻自行擺動移位，組合變換出一套全新的武功招式。「全脈神功第二式」，志達在心中告訴自己，這應該便是了。

志達陶醉在新功夫與內力運行的爽意之中，渾然不覺危機降臨。

「志達救命呀——」

他聽到羽萱的吶喊聲，收斂內力，停止動作。只見羽萱已衝到他面前，慌亂的說：「不好了，安南被一頭黑豹叼走了！」

「啊，瘋豹。他怎麼跑來了？」志達驚訝的說。

「我們剛才在收拾碗筷，安南先到井邊洗碗，我在後面看到一頭黑豹猛力撞向他。後來安南跌倒昏過去，黑豹就把他叼走了。」

宋二郎和宋大嫂這時也跟著趕來。

「那頭黑豹非常巨大，不知是哪裡來的？」宋大嫂說。

「那就是施金山的保鏢，瘋豹啊！」志達說。

「瘋豹不是人嗎？」宋大嫂驚異的說。

「不，他是噬血魔，會變化成人形來矇騙人們。」羽萱說。

「為什麼瘋豹要把安南叼走？而不直接取他性命呢？」志達試著推論瘋豹的動機。

「安南不是也中了五毒嗎？」羽萱提醒。

「對，看來，他叼走安南是另有目的。可是瘋豹會把他帶到哪裡去呢？」

「既然瘋豹是施金山的保鏢，那麼就從施金山的宅邸找起吧！」宋大嫂說。

「他的宅邸在哪裡？」志達問。

「就在東市靠郊區的屠宰場，那兒有一個大院落，空氣中充滿了豬屎味和血腥味，我這就帶你過去。」宋二郎說。

「我也去。趁這機會，我們叔嫂聯手，為你哥哥討回公道。」宋大嫂說。

「我知道那地方。我擔心瘋豹會對安南不利，先走一步。」志達說完足尖一蹬，躍進空中，刷刷穿過林木枯枝。

志達回想先前隨余大娘去東市的記憶，越過高聳的城牆，在屋瓦上奔馳跑跳，人尚未到達目的地，已聞到豬屎和血腥的氣味。

志達抵達施金山的宅邸，從屋頂上往內院一看，正如宋大嫂所猜測，瘋豹把安南叼了回去。他變回人形扛著安南，闖進施金山的房間，房門砰一聲被撞開。

「啊，你這是幹什麼？怎麼闖進主人的屋子，你要造反啊？」施金山正在房間裡休息，卻被這無禮的舉動嚇得跳起來。

「你這奴才，給我出去。」他指著瘋豹說。

瘋豹不為所動，直接在凳子上坐下。「給我血。」

「拜託，五十桶豬血你還喝不夠啊？今天在喜宴裡，你不找出我的仇敵宋二郎，竟然跑去跟小孩子打架，真是豈有此理。由於你的魯莽，我得罪了孫近，而你也沒立下功勞，根本成事不足敗事有餘。」施金山生氣的說。

瘋豹只是瞪視著施金山，面無表情的說：「給我血。」

「偏房後面殺了五十頭豬，那些血是要給孫近賠罪的。你且去喝一些，但不要喝太多，免得孫近發現又要計較。」施金山明顯不耐煩。

「我不要豬血，我要人血。」瘋豹突發一語。

「什麼？哪來的人血？吃人血幹什麼？你未免太猖狂、太過分了。」施金山發起牢騷，「早知道你這麼貪婪又怪異，就不要雇用你……」

話還未落，瘋豹伸出右手，化成豹掌，朝施金山揮去。施金山嚇了一跳，匆忙閃過，急忙拿出枕頭下防身用的短刀，卻被豹掌從身後順勢，劃過他的頸部……

志達進到院落後，看見施金山躺在血泊之中，而瘋豹拿著茶碗，正用人血餵食昏迷的安南。

「不能喝！」志達試圖阻止，但為時已晚。

瘋豹手中的碗空了，而安南已經喝了人血，悶悶的從口鼻發出怪聲：

「嗯……哼……啊……吼……」

第十五章 對決噬血魔

志達急忙衝進房內把安南推開，瘋豹也被震退。

瘋豹拿走施金山手上的短刀，直接朝志達攻擊。志達伸手格擋，並且想找機會搶下短刀，雙方一來一往，瘋豹因背上有志達打出的傷而漸趨劣勢，情急下彎腰張嘴想咬志達，志達猛的一躍，後彈到牆邊。

安南在這空檔已經彎身抽搐，全身長出黃褐色的獸毛，嘴吻外凸，冒出兩排尖牙，變成一隻黃狼的模樣。

「狂狼，去咬他。我們一起搶走他身上的軒轅石。」瘋豹朝黃狼大喝。

一聽到狂狼，志達驚訝的說：「怎麼會這樣？安南怎麼會變成狂狼？狂狼不是已經死了嗎？」

「哈！狂狼雖死，但蜘蛛沒死，蜘蛛的腹中都是狂狼的毒血，那毒血仍然可以把其他人變成狂狼噬血魔，這就叫做『以血傳魔』。」瘋豹得意的笑說。

志達驚覺瘋豹頭上有個黑點，仔細看去，竟然是隻大蜘蛛。「原來安南是被那隻毒蜘蛛咬傷的。」

「只要蜘蛛寄生到狂狼的身體，狂狼就會完全為主上所用了。」瘋豹又說。

志達一聽，急忙朝瘋豹頭上揮去，蜘蛛機警的跳開，不知去向。

安南變成黃狼後毫不客氣，張牙舞爪直撲志達。志達想要故技重施，點他脾胃經脈上的穴道，好讓他失去行動力，又不至於對他造成傷害。怎耐瘋豹又揮舞短刀過來，將他們隔開。

志達轉而專心應付瘋豹，拳打腳踢幾回合，一個回肘衝擊，終於將瘋豹手中的短刀震落在地上。志達忙將短刀踢開，瘋豹即刻變身回黑豹，張開大口嘶吼，露出比短刀還尖銳的利牙。

黑豹和黃狼左右合擊，一個咬上半身，另一個就撲向下半身，一個咬前面，另一個就攻擊後面，志達瞻前顧後，左支右絀。雖然沒被咬到，但漸漸趨於守勢，功力施展不開。

施金山的妻子聽到騷動，找來幾位家丁，要合力攆走瘋豹。他們一見屋內有兩條猛獸，又見到施金山的屍首，嚇得落荒而逃。

志達繼續採取守勢，幾回合下來根本分身乏術，漸漸招架不住，好幾次都不慎讓尖牙利爪在皮膚上劃過，滲出血絲，再這樣下去必然要遭到兩頭猛獸啃咬，屍骨無存。

志達心慌意亂，全身汗如雨下。

幸好宋大嫂、宋二郎和羽萱及時趕來，志達忙對他們說：「你們三人合力對付那頭黃狼，但是小心不要傷害他，那黃狼是安南變的。還有小心一隻毒蜘蛛，別讓牠爬到黃狼身上，否則黃狼會變成噬血魔。」

三人一同加入戰局，將志達與黃狼隔開，並且逼趕他往屋外退去。

黑豹咬起地上的短刀，甩著頭去攻擊，卻發現不好使，便再次化身為人形，手握短刀往志達身上劃去，試圖割破他的衣服，好讓軒轅石掉出來。

志達一邊閃躲，一邊感應到身上兩股熱流仍在運行，他察覺後頸的脖子上有兩個熱脹的點，似有玄機。他趁機找到空檔，朝瘋豹身上相同的位置點了其中一處，只見瘋豹腳步失穩，重心偏移。志達拉住他的左手，順勢向前一甩，瘋豹忙收回右手護著身體，整個人滾落在地。

瘋豹慘叫一聲，因為手中的短刀竟然不偏不倚插進自己的腹部，鮮血湧出，還原成一頭黑豹，癱在地上喘息。

此時羽萱他們也制伏了黃狼，還拿繩子將他五花大綁，帶進屋內。

志達看見，警戒的說：「有看到蜘蛛嗎？」

「蜘蛛在這兒呢！」只見宋二郎手握一支髮簪，上頭的蜘蛛已沒了氣息。

「剛才我們制服了黃狼，蜘蛛趁機跳到他身上，還好宋大嫂機警，脫下髮簪刺死牠。」羽萱說。

「我這鐵簪原是想用來刺殺施金山的，現在殺了毒蜘蛛，也是為民除害，物盡其用了。」宋大嫂感慨的說。

志達鬆了一口氣。

「你怎麼知道我們在南宋的西湖邊？」羽萱轉身質問瘋豹。

瘋豹緊閉嘴巴，不願作答。

「只要你跟我們合作，回答我們的問題，我會幫你的。」志達說。

瘋豹一聽，支支吾吾了一會兒，最後順從的說：「五毒各自有獨特氣味，主上帶我來到這裡，一路嗅尋毒血的氣味，便知道了你們的下落。」

「如果是那樣的話。」羽萱顯得困惑，「前幾日你跟施金山去到孫府，安南就站在廳堂後面，那時你怎麼沒有聞到安南的氣味呢？」

「我那時並沒有聞到蜘蛛毒血的氣味。」瘋豹回想說。

「我知道了。那時我們身上都是宰殺雞鴨留下的腥臭味，蓋過了安南體內的毒血氣味。」志達忽然領悟。

「啊！」瘋豹忽然驚慌的叫起來，「牠動起來了，牠動起來了，牠知道我有異心了……」

只見瘋豹胸口突起一顆肉瘤，並且瞬間跑出一隻大蜈蚣。

「別讓牠跑掉。」瘋豹驚慌失措，大家也不知如何是好。

「快！打死牠，打死牠！」羽萱慌張嚷嚷。

「大家讓開。」宋二郎情急之下，拔起瘋豹身上的短刀，直接將蜈蚣刺死。

「不行！牠一死，我也會……」瘋豹的話還沒說完就倒回地上，一命嗚呼。

大家都嚇得目瞪口呆，久久才回過神。

「想不到那個主上把五毒和噬血魔的生命連接在一起。」志達說。

「這樣聽下來，還好安南還沒被毒蜘蛛寄生。」羽萱慶幸的說，「可是該怎麼幫助他恢復正常呢？」

「讓我想想……」志達低頭尋思，「也許像上次那樣，我先用內力來探索看看。」

其他人把黃狼扶起來坐正，志達運氣後，將雙掌貼在狼背上，將內力如樹根深入土壤那般，運進他體內。可是這一次志達感受到一股巨大的阻力，應該是安南喝了人血的關係，全身的血液都變成濃稠的毒血，原本如樹根強壯的內力，不斷被壓縮，最終只能像蕈類的菌絲，緩緩滲透前進。

難不成鎖在盲腸裡的毒血都散出來了？志達專心把內力運向盲腸，果然那兒沒有集中濃縮的毒血之氣，想必是人血突破了這道防線，也滋養了蜘蛛毒，讓毒血瀰漫全身，而使安南變成了另一個狂狼。

志達原本想收功休息，另想辦法，忽然自己身上那兩道新熱流，其中之一傳來兩個熱熱脹脹的訊號，一個在頭上，一個來自腳上，而且腳上的熱脹點與頭上的相呼應，宛如心手相連的雙胞胎一般。

這代表了什麼？

志達張開眼睛，看見黃狼的頭上有一個紅點，應該就是當初遭到毒蜘蛛啃咬的傷口，恰巧的是，那紅點的位置，跟自己頭上的熱脹點完全相同。

當初毒血從頭上進入，是否現在也能從頭上出去呢？或許他能試著將毒血運送到那兒，再把它逼出去。

他試著那樣做，可是內力往上運行卻遭到阻擋，猶如千軍萬馬之勢來勢洶洶，志達堅持了好一會兒，全身冒汗卻徒勞無功。

「對了！足部相應的熱脹點或許是在引導我，往那兒推進？」於是志達改弦更張，將內力下壓，緩緩將毒血往下集中。

沒想到這一招見效了。他將毒血往黃狼足下那相應的點集中過去，阻力變小了，似乎受到地心引力相助的關係，順從的往下沉降，直往那一點集中逼近。

說也奇怪，黃狼頭上的紅點慢慢鼓起，漸漸腫成一個膿包。

接著啵一聲，那膿包爆裂開來，噴出暗紅色的膿血。

志達見有反應，趕緊屏氣凝神加緊運功，內力不斷輸入，將黃狼身上的毒血都往足部那一點擠壓，直到一滴不剩為止。

那一瞬間，頭頂的血也不流了，而黃狼已經變回安南。

安南張開眼睛，看見身邊有黑豹和施金山的屍體，惶恐問說：「發生什麼事了？他們怎麼死了？」

「說來話長，有機會慢慢說給你聽。」羽萱還是那句話。

「我們已經知道第二道菜的內力心法了，我也習得了新神功。」志達說。

「雖然我們還沒查出主上的真實身分，但我們消滅了毒蜘蛛、噬血魔和他的毒蜈蚣，收穫不少。」羽萱接著說。

「施金山死了。雖然不是我們殺的，但他引狼入室，咎由自取，我和小叔復仇的心願可以了了。」宋大嫂說。

「那麼我們也該回去了。」羽萱對志達說。

「好。」志達點頭同意。

「走吧！到我那兒去休息，再做打算。」宋二郎說。

「不，我們有該去的地方。」志達說。

宋二郎一臉納悶。

宋大嫂想了想，笑著說：「唉！相處這幾天，竟不知道你們三兄妹兩個是武林高手，一個是遭受魔物的控制，想必你們也是隱姓埋名，有你們的難言之隱吧！既然你們要離開，那麼祝你們一路平安。」

「感謝相助之恩。」宋二郎也拱手說。

雙方辭別一番後，志達帶羽萱和安南來到屋外，然後拿出軒轅打火石和鐵湯匙，大聲喊道：「雷金流火，天地玄黃，元祖叱吒，萬古流芳，天清清，地靈靈，回到出發的地方——」

第十六章 總決賽正式登場

青色大火熄滅後，三人回到「翠堤春曉浙菜館」外面。

由於剛才安南和呂興榮爆發口角，相繼衝出餐廳，因此同桌的大人也急忙出來察看。方子龍雖坐輪椅，行動不便，仍叫阿弟推他出來。

呂興榮看見安南頭臉上血淋淋的樣貌驚嚇不已，忙向大家澄清，「不是我，跟我無關……」

「跟呂興榮沒關係，只是安南身體內的蜘蛛毒血已經排除乾淨了。」志達笑著對大家說。

阿弟過去扶住安南，安南卻看著呂興榮，然後鄭重的向他鞠了個躬。「我要鄭重的向你道歉，對不起，都是我的錯。」

呂興榮一聽態度軟化，也說：「其實我也有錯，我們扯平。」

「這到底怎麼回事？」方子龍問。

嚴書基長老、阿弟和呂太太臉上也都寫滿了疑問。

「我運功把安南的毒血逼出體外，他現在已經恢復正常了。」志達輕描淡寫的說。

「重點是，他們終於真正和解了。」羽萱笑著說。

「那麼握個手吧！」方子龍開心的說。

安南和呂興榮大方的握手，阿弟帶安南去廁所清洗，其他人回到餐廳包廂，繼續和樂融融的享用這一桌好菜。

不料，廚房那頭卻不平靜。

「咦，主廚呢？龍井蝦仁做好了，要給他檢查，人怎麼不見了？」

廚房裡跑出幾個廚子，裡裡外外在找人。

找了半天，他們在儲藏室裡發現老主廚昏了過去，還有一包冰鱖魚。

老主廚被喚醒之後說：「我怎麼會在這裡？剛才，一個老頭子用手在我胸前點一下，我就什麼都不知道了……」

「啊，原來那道西湖醋魚不是主廚做的呀？」

儲藏室內傳出廚子們驚異的議論。

志達一行人在包廂內吃喝聊天，對這件事一無所知。

＊＊＊

聚會結束後，志達迫不及待去找媽媽，幫他修復另一組經脈。媽媽雖然還是不能行動，但是身體又舒服了一些，而且又恢復了部分的知覺。

「這一次的功夫是從哪裡學來的？」媽媽問志達。

「是在餐廳裡吃到『西湖醋魚』，感到超乎想像的酸，後來腦中就感應到祕笈中應該有這道菜名。不知道為什麼會這樣。」志達說。

「太神奇了。」媽媽也感到不可思議，「看來是全脈神功第一式開啟了你的感受力，而且是味覺和心靈結合在一起的感受力。」

「原來如此。」志達恍然大悟。

他接著說起這道菜的典故，還有「油炸秦檜」大快人心的事。

「『油炸檜』就是油條的由來啊，我小時候就聽外公說過了。當時秦檜害死岳飛，人們都痛恨他，杭州城裡的王小二麵食店創了新麵點，因為取名為『油炸檜』而大受歡迎。」媽媽欣喜的說。

「王小二？該不會是宋二郎聽到這件事之後，又隱姓埋名，學了去賣點心吧！」志達心裡狐疑。

「或許吧！」媽媽繼續說著，「大陸有些地方稱油條為油炸檜，香港人叫油炸鬼，臺灣則是油炸粿，其實都是一樣的……」

治好媽媽第二組經脈後，志達心情輕鬆，但體力耗盡，聽著聽著便在安養院睡著了。

隔天清晨，中醫師來針灸，說媽媽的身體有明顯改善的跡象，先是脾經胃經，這回連肝經和膽經也通了，進步神速，非常神奇。

志達聽了開心不已，踏上輕快的步伐去上學。

「嗨！志達。」安南進教室，親切的向他打招呼，身後跟著酷鷹和暴龍。

「你的身體還好嗎？」志達關心。

「神清氣爽。你呢？經過激烈的打鬥，應該很疲倦、很虛弱吧？」安南挺起胸膛說。

「不！我非常好。因為你開始叫我志達，而不是老大了。」志達俏皮回應。

「哈哈哈！」四個男生都心領神會的笑了。

＊＊＊

三天後便是「企業盃廚藝大賽」的總決賽，志達原想繼續代替方子龍出賽，可是阿弟和安南之間的心結未解，是否也應該為這對母子製造一個機會？

下課時，他跑去找羽萱商量，羽萱聽了也很贊成，並且同意和志達一起促成這件事。

這一天放學後，他隨著羽萱回到方家。

見到方子龍後，他故意歉疚的說：「清除安南的毒血耗費了大量的內力，感覺身體非常虛弱，可能無法勝任接下來的比賽了。」

方子龍體諒的點頭，然後打開手機，查看主辦單位寄來的總決賽辦法。

「總決賽一共要比豬肉、牛肉和雞肉三道料理，每種料理各一道菜，而且要以創意取勝。」

「這麼多道菜，每一道都要重新設計，與其讓我上場，害『魯山東麵食坊』輸了比賽，」志達假意提議，「能不能找其他人代替？例如羽萱？」

「我不行，我只會做蛋炒飯。」羽萱配合著搖頭。

「方媽媽呢？」志達又說。

「我沒辦法，我幾乎沒進過廚房。」方媽媽也推卻。

「阿弟啦！」羽萱像是突然想到似的大聲建議，「阿弟天天做菜，根本不必練習。」

「好主意。」方子龍歡喜的說，「我怎麼從來沒想到，阿弟精通越南菜和臺灣家常菜，把這兩者結合的話，就是創意料理了呀！」

方媽媽到廚房把阿弟叫過來，方子龍向她詳細說明緣由，也拿出手機上的參賽資料，最後請她幫忙。

「我不行啦！我從來沒有參加過廚藝比賽，萬一輸了，怎麼對得起老闆？」阿弟慌張而不安的說著。

「你不必擔心，即使輸了還是第二名啊。」方子龍說。

「可是我要做什麼菜才好呢？」阿弟感到無助。

「很簡單，你只要想著，這是要做給安南吃的，這樣就好了。」志達建議。

「安南？」阿弟若有所思，一會兒之後點點頭。「我會努力的。」

「耶！那就這麼說定了。」羽萱興奮的大叫。

「你為什麼那麼開心？」方子龍好奇的問羽萱。

「沒有呀！」羽萱否認，卻很有默契的對志達露出微笑。

隔天志達上學遇到安南，把阿弟要參賽的消息告訴他。

「這回總決賽，機會難得，我們一起去幫『魯山東麵食坊公司』加油。」

「大哥吩咐，小的當然遵命。」安南俏皮的說。

「啊！怎麼又來了個『大哥』？」志達皺起眉頭，「不是說過了，大家都是同學，不要叫我老大，我不想當大哥。」

「好吧！志達小弟。」安南故意亂說，留下一串調皮的笑聲。

終於到了總決賽這一天，同樣的會場，同樣的擺設，但現場湧入更多的觀賽來賓和啦啦隊。

「歡迎兩位晉級總決賽的參賽者出場：一位是『瀟湘煙雨湘菜館』的副主廚洪規果，另一位是『魯山東麵食坊公司』的阮招弟。第一道菜是創意豬腳，計時四十分鐘，開始——」主持人說。

「四十分鐘！」志達嚇了一大跳，因為燉煮豬腳至少也要花費一個半小時，四十分鐘怎麼做得出來呢？除非……

果不其然，洪規果把豬腳煮滾之後轉小火，然後把手覆在鍋蓋上，用內力來加熱。

「洪規果用內力加熱，會不會像上回廖理王煮魚湯，出現雜質的問題呢？」志達問方子龍。

「這和煮湯不同。豬腳膠質豐富，質地堅韌，味道濃郁，只要香料與酒料夠味，並且滷製得宜，可以壓制雜質的氣味。」方子龍回答。

「想不到每一種食材都有不同的學問啊！」志達讚嘆的說著。

「可是這樣不公平啊！」羽萱替阿弟擔心。

沒錯，阿弟不會武功，只能按照正常的步驟來燉煮，因此她費心的在豬腳上刻花，以求加快熟透的速度。

比賽時間結束，主持人介紹評審出場：「有請今天的評審，灶幫的范衛襄前幫主，蕭奉黎長老，嚴書基長老，高莉采長老和巫儀紫長老。接下來，請參賽者發表菜名與創作理念。」

范衛襄領著兩男兩女長老上場。

「我做的是梅干醬汁豬腳。採用醬汁肘子的作法去滷豬腳，另外加進梅干菜增添新風味。」洪規果率先介紹。

「滋味豐富，有別於一般傳統的豬腳作法，非常有特色。」巫儀紫長老在評審吃過一輪後首先發言。

「參賽者功力深厚，短時間內就把豬腳燉到軟爛，吃起來綿稠，肉香又濃郁，非常不簡單。」蕭奉黎長老也說。

其他人沒有評語，紛紛清口，看向阮招弟。

「我的是越式魚露豬腳，不同於醬油冰糖的滷豬腳，屬於白滷不油膩的方式，加了椰奶和魚露增香，是我兒子最愛吃的菜，請大家嚐嚐看。」阮招弟說。

安南一聽，眉毛微微揚起。

評審都感到新奇，紛紛動筷品嚐。

「豬皮頗有彈勁，筋肉軟爛，都融入了淡淡的椰香和南薑香，確實是特殊的清爽滋味，創意十足。」評審之一的高莉采長老說。

「可惜這魚露的腥味太重了。如果是一般燉煮法，一個半小時慢慢把魚露的腥味揮發掉，會留下醇甘的鮮味，但這次時間不到一半，沒有完全去除魚露的腥味啊！」嚴書基長老對這道菜持保留態度。

志達聽完心中緊張，轉頭看向安南，發現他神色凝重，滿臉焦慮。

「你沒有用武功來加成火候，卻用刻花的方式讓豬腳提早燉透，非常不簡單。」范衛襄前幫主說。

眾評審都點頭贊同，又讓志達他們生起一絲希望。

計算分數之後，主持人宣布：「第一場，洪規果獲勝。」

「唉！」安南抱頭叫了一聲。

阿弟輸掉一場，志達雖然難過，但看到安南這樣反應，不禁朝羽萱微笑。

「接下來進行第二場比賽，為時十五分鐘，要比的是創意蔥爆牛肉。」

一旁助理推出兩盤血紅豔麗的現宰牛肉。

「這是今早宰殺的臺灣新鮮黃牛肉，取最高等級的菲力部位，請兩位選手發揮創意，做出最美味的料理。」主持人說。

阿弟神色凝重，洪規果的額頭冒出豆大的汗珠，志達在臺下也很焦急，他對方子龍說：「他們兩個都很緊張。」

方子龍原本直盯著臺上的狀況，轉頭看著志達說：「這是一定的。臺下三百位來賓，都是廚藝界的同行，而蔥爆牛肉是一道快速簡單的料裡，人人都會，可是要創造出全新的滋味，壓力必然不小。」

安南一聽坐立難安，忍不住握緊雙拳。

兩人取走牛肉之後，各自揮刀切成方便入口的柳條狀，然後放入大碗內，加入醬油等調味料使其入味，再加進太白粉水增添滑嫩口感。接著整備配料，青蔥、辣椒、蒜頭、洋蔥，看來兩個參賽者準備的辛香料也差不多。

這樣怎麼比出高下呢？志達憂心不已。難道從爆炒的功夫來分勝負嗎？

架上鐵鍋之後，兩邊陸續開火，都把火力開到最大，爐上燃出純青的火焰。

洪規果先起油鍋爆炒辛香料，通天赤焰隨熱油騰起，香氣四散飄溢。他隨即舀入一小匙粉末，那股香味瞬間被另一層濃香追襲，然後混合出十分濃郁又誘人的香味，在場的眾人忍不住吞嚥口水。

阮招弟也起油鍋爆炒配料，同樣烈焰沖天，香味撲鼻，可是比起洪規果的濃香卻略遜一籌。志達憂心如焚的看著方子龍，方子龍也不安的說：「難道孜然粉就是洪規果的創意嗎？」

加入牛柳快炒之後，兩人都在十五分鐘之內完成作品。

評審們再度上臺，受到孜然的濃香誘惑，他們先一齊走向洪規果。

「請品嚐我的『濃香蔥爆牛肉』。」洪規果說。

五位評審各自嚐了一口之後，不約而同瞪大眼睛說：「太香了！」

志達一聽垮了臉，心涼了半截。

方子龍拍拍他的肩膀。「不要絕望，這『太』字恐怕有學問，而且他們還沒嚐過阿弟做的呢！」

不料讓方子龍說中了，嚴書基長老才剛下嚥，便毫不客氣的說：「這道菜的名字應該叫做『孜然爆牛肉』才對。你的『蔥』、你的『蔥』呢？」

洪規果恍然大悟，面如死灰。

范衛襄前幫主望向高莉采長老，示意她發表評論，但她卻說：「給嚴書基長老說完了。」

其他評審沒有多說，范衛襄前幫主轉向洪規果說：「請發表創作理念。」

「我很謹慎的用了一小匙孜然粉，不料還是犯了喧賓奪主的毛病。」洪規果嘆口氣說。

「比賽中最重要的倒不是技巧，而是謹慎，步步為營，洪規果就是太輕敵了。」方子龍對志達說。

「阿弟呢？她看起來也很不安。」志達還是擔心。

「那是一定的，如果輸了這一場，比賽就結束了。」羽萱說。

他們轉頭看著安南的表情，竟比阿弟還緊張。

此刻評審們已經清好口，過去阮招弟那邊，大概是剛才的濃香衝腦，使得他們都忘了先問菜名就先吃起來。

「咦？」高莉采長老先開口，「似曾相識的一股味道。」

「確實在蔥香和牛肉味之外，多了一項奇特的美味。」巫儀紫長老也說。

范衛襄前幫主放下筷子，微笑的點頭說：「有意思了。」

「這道菜怎麼讓我覺得有喜悅，有疲累，有擔憂，又有期待……是什麼？是什麼……」高莉采長老還在推敲。

高莉采長老嘀咕了半晌，蕭奉黎長老忽然低頭抽搐了兩下，然後忍不住握住拳頭仰天爆哭：「娘啊，奉黎想你呀——」

眾人都被這突如其來的舉動嚇呆了。

第十七章　感動的和解時刻

主持人在臺上目瞪口呆，不知該如何處理這場面。

「蕭奉黎長老，你……」嚴書基長老也尷尬起來。

蕭奉黎長老知道自己失態了，急忙擦乾眼淚，尷尬笑說：「真抱歉！這味道讓我想起了小時候在娘親懷抱中的氣味，唉，我過世二十多年的娘親呀！」

「啊，我知道了。」高莉采長老忽然靈光閃過，轉身指著阮招弟逼問：「快說，這道菜叫什麼名字？」

阮招弟準備好久了，大聲公布：「乳酪蔥爆牛肉。」

「對了！就是這乳香，不，是乳臭，難怪我剛剛也想起了我的兩個孩子呢！」巫儀紫長老拍手大叫。

「我選用了帕瑪森乾酪粉，乳香重，帶有淡淡的乳臭味。」阮招弟繼續說。

原來，之前大家的目光都被洪規果吸過去，忽略了阮招弟在起鍋前，除了淋香油提香之外，還撒上了不少白色的粉末。

「難怪牛肉透出人人熟悉的味道，卻又讓人一下說不出來。」范衛襄前幫主欽佩的說：「牛肉配上乳酪，毫無違和感，還暗喻著母子親情，大概只有當過母親的人，才想得出這樣偉大的創意。」

阮招弟一聽，當眾落下傷感的眼淚。

「你怎麼哭了？」主持人好奇發問。

「對不起！」阮招弟擦去眼淚，「我剛才腦中閃過懷胎十月的辛苦，兒子出生後養育他的辛勞，一家三口曾經擁有的甜蜜時光，但是後來……」

她不免又悲從中來，無法繼續說下去。安南在臺下聽了，也跟著紅了眼眶。

主持人拿到評審結果之後，宣布說：「這一場，評審們沒有異議，由阮招弟獲勝。到此為止，雙方各勝一場，將在下一場比出高下。請繼續第三場雞肉料理，必須做出澱粉類主食，搭配創意雞肉料理，計時三十分鐘，開始——」

最關鍵的一役，雙方的親友團都忍不住站起來加油。

「瀟湘煙雨得第一——」

「魯山東麵食坊加油——」

「阿弟加油——」

喧鬧中，志達清楚聽見安南也激昂的說著：「媽，加油——」

只見洪規果一邊煎雞腿，一邊削芋頭的外皮，雞腿煎好之後切塊，然後把芋頭也切塊下去油煎。他刻意挑出比較不易粉爛的部分，放進果汁機中加入高湯打成泥，又再倒回鍋中，拌入雞腿塊一起煮。最後放入高湯、香菇絲和油蔥熬煮一會兒，就完成了。

阮招弟這邊卻是先洗米煮飯，然後把雞腿逆切，加入米酒、醬油、味醂略微醃漬。接著切洋蔥、蔥絲和韓式泡菜，再在大碗中打入三顆雞蛋，等飯煮好後，盛入另一個大碗備著。另一邊，她把雞肉用平底鍋煎熟、炒軟洋蔥和蔥絲，放入韓式泡菜，最後淋上蛋液，在蛋液將熟未熟之前，整鍋鏟起，鋪在白米飯上。

結束時間一到，洪規果先報上菜名：「我的是芋頭香菇雞腿。在澱粉類食物之中，芋頭是香氣最濃的，搭配雞腿肉的脆感，很能符合題目的要求。」

評審逐一品嚐。

「芋頭角入口時似乎是硬的，但舌頭輕輕往上壓就崩開了，外層有濃稠的芋泥，綿密細緻，口感十分豐富。」巫儀紫長老說。

「雞肉煎得十足焦香，咬起來又彈又脆，配上芋頭的香氣和口感，真是雙重享受。」嚴書基長老也說。

接著換阮招弟介紹她的菜。

「我的雞肉料理是泡菜親子丼。這一碗白飯就像一個家庭，雞肉是媽媽，雞蛋是孩子，泡菜的酸與辣是家裡的風風雨雨。雖然大人跟孩子難免吵吵鬧鬧，就像這酸辣的泡菜，給口腔輕微疼痛的刺激感，但是一家人的心還是緊密牽繫在一起的。」

安南聽到這兒，忍不住揉揉眼睛。

評審們清口後都吃了。

「這是簡單的家常菜，結合日式和韓式風格，但不能算非常有創意。」高莉采長老嚴肅的說。

「這一道菜看起來並不突出，作法簡單缺乏技巧，雖然吃起來滋味普通，也沒有創造出新風味，但是，我怎麼覺得……覺得……心中有股感動……」蕭奉黎長老說著不住的眨眼睛。

「對了，感動。大家感受一下，哪一道菜給你多一些的感動？」范衛襄前幫主說。

評審們也陷入深思，還開會討論表決。

主持人拿到成績結果之後，興奮的向在場眾人宣布：「各位來賓，本屆灶幫所主辦的『企業盃廚藝大賽』，經過漫長的賽事選拔，終於出現了冠軍。冠軍是……」

這時全場都靜默下來，人人心中都敲著戰鼓，屏氣凝息，熱烈期待。

「比賽結果三比二。泡菜親子丼一票險勝。冠軍是『魯山東麵食坊公司』……」

阮招弟摀著胸口，不敢置信的張嘴大叫。志達、羽萱和安南都跳起來歡呼，方子龍也拍手稱慶。

洪規果黯然下臺，魏鼎辛過去怪罪說：「為什麼不用我們湖南菜的東安子雞去配麵線，搞什麼芋頭香菇雞，太匠氣了！你懂不懂評審的口味呀？他們吃膩了山珍海味，看到沒技巧的平實作品就會多想兩秒……」

洪規果像鬥敗的公雞，低著頭乖乖挨罵。

阮招弟來到大家面前，眾人都向她道賀。

「冠軍的獎金三十萬元，志達和阿弟都有功勞，我決定給志達十萬，阿弟二十萬。」方子龍大方的說。

「真的嗎?好多錢呀!」志達驚喜的說。

「你就大方收下,給你媽媽養病用吧!」方子龍點點頭。

「老闆,那你呢?」阿弟說。

「我不用啦!公司因為這場比賽得到許多廣告效益,我很滿足了。」

羽萱轉身面對安南。「你媽的心思都在你身上,決賽裡每道菜都是想著你做出來的呀!你知道嗎?他在我們家煮菜時,常常說我家安南喜歡吃這個,喜歡吃那個,我爸媽都說你就多煮些帶回去給孩子吃,她就很高興。」

「嗚……」安南終於忍不住,摀著臉大聲哭出來。

「別哭啊。」阿弟上前抱著他。

「喜極而泣!喜極而泣!」方子龍笑著說。

志達和羽萱相視而笑,那笑容中除了溫馨的感動,還有一絲成就感。

＊＊＊

廚藝大賽結束後隔天，志達去到安養院探望媽媽，媽媽得知比賽結果也很開心。

「媽，你有沒有需要什麼？我這就去買。」志達問說。

「我整天躺在床上，除了健康還需要什麼？而健康豈是金錢買得到的？」媽媽笑著說，「但如果是你爸得了一筆錢，第一個想到的就是去幫助需要的人。」

「需要的人？」志達想起那天跟安南不小心掉進育幼院的事，「這附近有一家育幼院。我買一箱麵包和牛奶，送去給他們吃，你說怎麼樣？」

「當然好。」

志達馬上用手機聯絡羽萱，約她一起過去，羽萱爽快的答應了。

兩人買了好多麵包和牛奶，拎著提袋到育幼院去。

到了育幼院的巷口，他們看見有人騎著機車從裡面出來，那個人戴口罩、安全帽，看不清面容，但那臺機車和那個人的背影，志達都覺得似曾相識。

院長是一位老太太，得知他們的來意，非常歡迎。隨即收下禮物，帶他們到院裡參觀。

「我怎麼覺得剛才那個人，好像是阿弟啊？」羽萱轉頭問志達。

「啊，你不說我還想不起來，只覺得那臺機車和背影很眼熟。」志達恍然被點醒，「真的是她。她來這裡幹什麼？」

院長聽到他們的對話便說：「那位太太用『安南』的名義捐款已經很久了，這次卻大手筆一次捐了二十萬。你們認識她嗎？她堅持不肯留下真正的姓名，我想，你們也幫她保密吧！」

「哇！」羽萱讚嘆，「阿弟真是個好媽媽，默默的在為安南行善。這劉安南如果再惹阿弟生氣，我一定不客氣，好好教訓他。」

「阿弟不只是好媽媽，她濟弱扶傾，慷慨好施，雖然不是灶幫的廚俠，卻是真正的女俠。」志達也佩服的說。

晚上他們約了安南一起到安養院，認識了現任幫主陳淑美。

安南得知志達母子的遭遇後，不禁說：「跟你比起來，我幸福多了。」

「你知道就好，你以前是人在福中不知福。」志達虧他。

「志達的媽媽是臺菜高手，阿弟是越南菜高手，兩個人如果來場廚藝競賽，一定很有看頭。」羽萱說。

「志達，快幫媽媽想一道好菜。」陳淑美笑著說。

「沒問題。我們推出化骨通心鰻，無骨無刺，肉質彈牙鮮美。你們拿出什麼來比？」志達驕傲的說。

「我們用越式牛肉河粉，用熱湯燙熟的牛肉片非常軟嫩，加上蝦醬的鮮鹹，檸檬的酸香，絕對贏你們。」安南不假思索的說。

「哎呀！什麼跟什麼？鰻魚和牛肉放在一起該怎麼比？別胡扯了。」羽萱摸摸肚子說：「倒是被你們一鬧，我肚子都餓了。」

「我也餓了。」安南說。

「那我們去夜市，到我阿姨開的熱炒攤子吃大餐。」志達提議。

「可是我沒帶錢。」安南說。

「我也沒帶錢。」羽萱說。

「喂！你們可不要白吃白喝，害你阿姨賠錢。」陳淑美提醒。

「放心。」志達笑著說，「我有獎金，我請客。」

於是三個孩子便開開心心的往夜市去了。

他們離去後，安養院的窗簾後方隱約出現一個黑色人影。

雖然在昏暗的燈光下，人影是黑色的，但當路上車子經過、車燈照進來時，卻可以看見他穿著一身的白袍。

（第二集全文完）

廚俠必備祕笈

志達和羽萱經歷了重重難關，終於順利取得了名菜心法。兩人將一路上的遭遇記錄成一份成為廚俠的必備祕笈，快來看看你懂得多少吧！

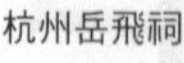

杭州岳飛祠

招式一 一代名將岳飛

岳飛是中國歷史上有名的武將。靖康之難後，北宋滅亡，繼位的宋高宗趙構在臨安（今杭州）建都，開啟了之後一百五十年的南宋偏安時期。岳飛治軍有方、驍勇善戰，曾率領南宋軍隊數度北伐抗金，卻因為宋高宗擔心徽宗、欽宗還朝後，自己的地位必將不保，所以一連下了十二道金牌召回岳飛，之後又以「莫須有」的罪名，賜死了岳飛父子。傳說岳飛有句名言：「文臣不愛錢，武臣不惜命，天下當太平。」雖然一代名將結局淒涼，卻在後人心中留下不滅的「忠義」形象，以及〈滿江紅〉等為人熟知的文學作品。

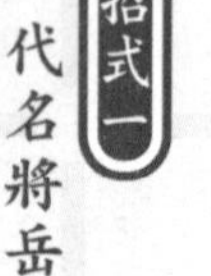

招式二 重文輕武的宋朝

從名將岳飛，到故事中宋二郎為了報仇潛心苦讀，不難看出宋朝是一個「重文輕武」的朝代，而提到這一風氣，就不能不提宋朝開朝皇帝趙匡胤。趙匡胤原是後周的一個禁衛軍將領，一次奉命出征時，趙匡胤的弟弟和手下士兵拿出預先準備好的黃袍披在他身上，尊其為天子，後來趙匡胤率領軍隊回京，不費一兵一卒就推翻了後周，建立宋朝。趙匡胤成為皇帝後，忌憚底下的武將，哪天也會篡奪自己的皇位，所以就在酒宴中暗示他們交出手中的兵權，也定下宋朝三百餘年來「重文輕武」的風氣。

宋太祖像

招式三 神荼和鬱壘

神荼和鬱壘是傳說中最早出現的門神，傳說滄海中有一座山叫做度朔，上面有一棵大桃木，是眾鬼往來人間的通道。為了防範惡鬼作亂，黃帝命令神荼和鬱壘兩兄弟在桃木上看守，若發現不肖的鬼魅，就把它們綁去餵老虎吃。後來人們過年時，都會在門口掛上刻有神荼和鬱壘樣貌的桃板，用意就是在於驅趕惡鬼，也讓他們成為替家家戶戶保平安的「門神」了。後人漸漸用紙張取代桃板，演變成今日的春聯。另外在《西遊記》中，唐朝時的名將秦叔寶和尉遲恭，為了保護唐太宗不被龍王鬼魂侵擾，鎮守宮門，也是常見的門神形象代表。

常見於廟宇大門的門神像

招式四　有趣的宋朝美食

宋朝是個講究美食的朝代，後人研究《清明上河圖》，發現畫中的房屋攤販，光是賣吃的就占了將近一半。北宋滅亡後，大批人口遷徙到南方，也把北方的飲食文化和南方的食材融合在一起。

以故事中孫府喜宴上的菜色來說，炙雞、燠鴨是烤雞、烤鴨；水晶膾是取動物油脂豐富的部位，在蒸煮過程中去除雜質，放涼凝固成晶瑩剔透的肉凍；還有宋朝的羊肉昂貴稀有，像砂鍋軟羊這類羊肉料理只會出現在達官貴人的餐桌上。

最後是名字讓人一頭霧水

招式五　八月十五殺韃子

關於中秋節吃月餅有一則流傳許久的傳說。元朝末年時，漢人因為不滿長期被蒙古人統治、欺壓，有許多反抗軍揭竿起義，然而官府戒備森嚴，起義的訊息沒有辦法傳播出去。這時，朱元璋底下足智多謀的軍師劉伯溫想出了一條妙計，他將紙條塞進了月餅中，上面寫著：「八月十五殺韃子」，等百姓吃了月餅、發現訊息，就可以支援反抗軍的行動。然而這段故事並未記載在正史之中，加上中秋節吃月餅的習俗最早可以追溯至唐朝，所以後來就有學者認為，這段故事是清末的反清人士特意編撰的，目的在於喚起當時人民對異族統治的記憶，表面上是抗元，其實是要推翻清朝。

月餅

北宋張擇端所繪的《清明上河圖》（部分）

的麵食類，宋朝人將麵粉做成的食物稱為「餅」，現代的饅頭在當時是「炊餅」或「蒸餅」，包子被他們叫做「饅頭」，而餃子則是「餛飩」。若有機會回到宋朝一遊，別忘了記清楚這些名字，就不會像志達他們那樣搞錯了。

招式六 文人騷客的最愛

江南為魚米之鄉，魚鮮食材在江浙菜中占了很大的比例，而這裡的美麗風光，自古以來也吸引文人騷客在此駐足停留，並留下了許多經典名菜的故事。比如「龍井蝦仁」，傳說就是乾隆皇帝下江南時，酒店裡的店主人誤將乾隆拿給他沏泡的茶葉，加進了炒好的蝦仁裡，結果意外鮮美清香。而「東坡肉」則是北宋有名的才子蘇軾在當地擔任父母官時，治水有方，百姓送了許多豬肉給他，而蘇軾又料理成紅燒肉回贈，不僅讓「東坡肉」成為當地的一道名菜，也蔚為一段佳話。

東坡肉

少年天下系列 043

少年廚俠 2：西湖鳴冤記

作　　者｜鄭宗弦
繪　　者｜唐唐

責任編輯｜李幼婷
封面設計｜黃聖文
內頁排版｜極翔企業有限公司
行銷企劃｜葉怡伶

天下雜誌群創辦人｜殷允芃
董事長兼執行長｜何琦瑜
兒童產品事業群
副總經理｜林彥傑
總編輯｜林欣靜
主編｜李幼婷
版權主任｜何晨瑋、黃微真

出版者｜親子天下股份有限公司
地址｜台北市 104 建國北路一段 96 號 4 樓
電話｜（02）2509-2800　傳真｜（02）2509-2462
網址｜www.parenting.com.tw
讀者服務專線｜（02）2662-0332　週一～週五：09:00~17:30
讀者服務傳真｜（02）2662-6048
客服信箱｜parenting@cw.com.tw
法律顧問｜台英國際商務法律事務所・羅明通律師
製版印刷｜中原造像股份有限公司
總經銷｜大和圖書有限公司　電話：（02）8990-2588

出版日期｜2018 年 3 月第一版第一次印行
　　　　　2022 年 12 月第一版第二十次印行
定　　價｜280 元
書　　號｜BKKNF043P
ISBN｜978-957-9095-47-1（平裝）

訂購服務
親子天下 Shopping｜shopping.parenting.com.tw
海外・大量訂購｜parenting@cw.com.tw
書香花園｜台北市建國北路二段 6 巷 11 號　電話（02）2506-1635
劃撥帳號｜50331356 親子天下股份有限公司

立即購買 >

國家圖書館出版品預行編目資料

少年廚俠. 2, 西湖鳴冤記 / 鄭宗弦文 ; 唐唐圖
. -- 第一版. -- 臺北市 : 親子天下, 2018.03
216 面 ;14.8X21 公分. -- (少年天下系列 ; 43)

ISBN 978-957-9095-47-1(平裝)
859.6　　107002179

圖片出處：
招式一　By Siyuwj - Own work, CC BY-SA 4.0, via Wikimedia Commons
招式二　By Unknown , Public Domain, via Wikimedia Commons
招式三　By Shutterstock.com
招式四　By Zhang Zeduan- Baidu Tieba, Public Domain, via Wikimedia Commons
招式五　By Shutterstock.com
招式六　By Shutterstock.com